泉ゆたか

猫まくら
眠り医者ぐっすり庵

実業之日本社

実業之日本社文庫

猫まくら　眠り医者ぐっすり庵

目次

第一章　おやすみ　5
ぐっすり庵覚え帖　その壱　江戸の人々は、こんなに眠っていた！　50
第二章　枕もと　51
ぐっすり庵覚え帖　その弐　江戸時代の健康本　124
第三章　フクロウ　125
ぐっすり庵覚え帖　その参　ずっと昔から、猫は眠りの達人だった？　193
第四章　うなぎ　194
ぐっすり庵覚え帖　その四　江戸の幽霊　252
第五章　昔の友　253
解説　細谷正充　308

第一章　おやすみ

1

これは夢の中だ。

藍《あい》は心の中ではっきりと言葉にして呟《つぶや》いた。

だって床に臥《ふ》せっているはずのおっかさんが、しっかりと横に立って藍の手を握っている。

一面に広がる西ヶ原《にしがはら》の茶畑の空は、うっとりするくらい見事な夕焼けだ。

橙色《だいだいいろ》に染められた雲が次第に茜色《あかねいろ》に変わり、群青色の夜空を連れてくる。滝野川の上を飛び交う鳥の姿が、影絵のようにはっきりと見えた。

「お藍、長崎ってのはどんなところだろうねえ」

おっかさんがぼんやりと空を見上げた。

握り合った手が、ふっくらと丸く温かかった。

「もう、おっかさんたら、また兄さんのことね」

握った手をわざと雑に振って拗《す》ねてみせる。こんなふうにおっかさんに甘えたのは、とても幼い頃以来だ。

西ヶ原の地に大店《おおだな》を構える茶問屋千寿園では、使用人から〝我儘《わがまま》娘〟と陰口を叩《たた》かれるような振る舞いは決して許されなかった。

「お藍、そんな言葉はいけないぞ」「そんな仕草はいけない」「人前でそんな顔をしてはいけない」……。二年前に亡くなった父の作兵衛《さくべえ》は藍に、やってはいけないことばかりを言い募った。そのくせ大好きな学問をいくら真剣にやってみせても、藍のことはちっとも褒めてはくれない。

いつだって両親の称賛は、できの良すぎる兄の松次郎《まつじろう》にすべて持っていかれてしまった。

おっかさんは藍の丸い目に丸い頰《ほ》っぺた、黒目勝ちな瞳を、可愛い、可愛いと言ってくれた。だが残念ながら、西ヶ原小町と噂《うわさ》されるほどの艶《つや》っぽさは持ち合わせていないことは、己がいちばんわかっていた。

何事もぱっとしない妹の藍は、この家ではいつだってただの松次郎のおまけだ。

「松次郎は賢い子さ。それに心根の優しい子だよ。きっと皆に好かれて、皆に頼りにされて、しっかり勉学に励んでいるさ」

おっかさんは己に言い聞かせるような口調で、幾度も頷《うなず》いた。

長崎で異人が開いた医学校、鳴滝塾《なるたきじゅく》へ旅立った兄の松次郎から、便りが途絶えてそろそろ半年が経《た》っていた。

藍のほうから「兄さんは平気かしら？」なんて言うと、おっかさんは「平気に決まっているさ」とすぐに話を切り上げようとする。そのくせ、こうやって急に松次郎の話を始めては、藍の相槌《あいづち》なんてちっとも聞こうとしないのだ。

「お嬢さん！」

遠くで声が聞こえた。

「おっかさん、誰かが私を呼んでいるみたいよ。きっとお久《ひさ》さんだわ」

女中の久の厳《いか》めしい顔が目に浮かぶ。

「お嬢さん、お嬢さん！」

普段は冷静沈着な久らしくもない、ずいぶん切羽詰まった声だ。

「ねえ、おっかさんってば。私の話を聞いてちょうだいな」

藍は頰《ほお》をぷうっと膨らませた。

おっかさんは空を見上げたまま、藍を振り向きもしない。

きっと遠くで暮らす松次郎の姿に、想いを巡らせているのだろう。

いつの間にかあたりに白い靄《もや》がかかって見えた。おっかさんの横顔が揺れる。

「この家のみんなは、いつも兄さんのことばっかりなんだから。もう、おっかさんのことなんて知らない！」

藍はぷいっと顔を背けた。己の発した声が耳元で聞こえる。

「お嬢さん！　起きてくださいな！　奥さまが、奥さまが……」

目の前の光景が、広げた布を片付けたように勢いよく消え去った。

「えっ！」

藍はぶるりと身を震わせた。うたた寝をしてしまっていたのだ。

「お嬢さん、気をしっかりお持ちくださいよ」

久は大柄で顎《あご》がしっかりした、頑丈な身体《からだ》をした女だ。いつもは頼もしいはずのその顔が、紙のように白い。

「お久さん、いったいどうしたの？」

急に己が今まで置かれていた状況が押し寄せてくる。

藍は久の背後に横たわった喜代《きよ》に目を向けた。恐る恐る手を差し伸べる。肌に触れたそのときにわかった。喜代の身体には既に脈がなかった。

「おっかさん！　ああ、どうしよう……」

呆然《ぼうぜん》自失で喜代の胸に縋《すが》りつくが、その身体はもうぴくりとも動かない。

始まりはただの風邪だった。

「夏の疲れが出たかもしれないね。少し横になるよ。明日には良くなっているさ」

苦笑いでそう言っていたはずの喜代は、ほんの数日で立ち上がることができなくなった。

「残念ですが手遅れです。これほどの浮腫《むく》みが出てしまえば、長くは持たないでしょう」

医者は、喜代の丸太のようになった足首を見て首を横に振った。

それから藍は、片時も喜代の側《そば》から離れなかった。

久が代わると言うのを断って、幾日もろくに横になることもなくずっと付ききりで看病をした。ほんの一刹那《いっせつな》でも長く、母との時を過ごしていたかった。

「私が伺ったときには、もうこと切れていらっしゃいました。きっと眠るように亡くなられたに違いありませんよ」

久は己を責めてはいけない、と言うようにきっぱりと首を横に振った。

「奥様、失礼いたします。蔵之助《くらのすけ》さまご夫婦をお呼びする前に、お支度を整えさせていただきますね」

久が低い声で言うと、手早く喜代の髪を撫《な》でつけて乱れた襟元を直した。

喜代は痩《や》せ衰えて、黄土色の顔をして静かに目を閉じていた。まだ五十前だというのに髪には白いものが目立った。

藍の胸に、夢の中の光景が蘇《よみがえ》る。

もう夢の中でしか会えないとわかっていたら、あのときに、もっと優しい言葉を掛ければよかった。

「この家のみんなは、いつも兄さんのことばっかりなんだから。もうおっかさんなんて知らない！」

夢の中で己の発した言葉が、はっきりと耳の奥で響く。

「ねえ、お久さん。私、夢の中でとんでもないことを言ってしまったのよ……」

震える声で呟いた。

「ええ、聞こえておりました。甘えん坊が過ぎるお言葉でしたが、それなりに筋の通ったご意見にも思えましたよ。さほど悔やむことはございません」

「えっ？」

藍は思わず訊《き》き返した。

久はまるで先ほどの言葉が藍の空耳だったかのように、素知らぬ顔で口元を一文字に結んだ。

2

西ヶ原村は、日光御成道《にっこうおなりどう》の途中、日本橋から数えて二里目の一里塚のある土地だ。花見の時季にはお江戸中からたくさんの人の集まる飛鳥山《あすかやま》、秋には川沿いの紅葉が見事に色づく滝野川、と風光明媚《めいび》な景色に囲まれている。王子権現《おうじごんげん》を望む滝野川にほど近い丘陵に、藍の生まれ育った千寿園の茶畑が広がっていた。

元は、駿州江尻《すんしゅうえじり》の茶畑で修業をした父とその兄とで始めた茶農家だった。それが昨今のお江戸での水茶屋の人気が追い風となって、商売が目論見《もくろみ》以上に大きく当たった。

喜代の葬式には、弔問客が入れ替わり立ち替わりやってきた。

だが誰もが藍にではなく、同じ千寿園の敷地で暮らす伯父の蔵之助夫婦にお悔やみを述べた。

「千寿園の茶葉は、私共がこれまでと変わらず守って参ります。これからもどうぞよろしくお願い申し上げます」

いつの間にか喪主の着る白装束で装った伯父夫婦は、揃って客に頭を下げた。

「ねえお藍、お喜代さんの最期の言葉を教えておくれよ。やっぱり松次郎のことを呼んでいたのかい？　実のところはずいぶん長い間、便りが途絶えていたんだろう？　あれが今生の別れになっちまうなら、長崎なんかへやらずに手元に置いておけばよかったものをねえ」

客の途切れたときを見計らったように、伯母の重《しげ》が無遠慮な言葉を掛けた。

伯父夫婦の家と藍の家は、広大な茶畑のそれぞれ両端に建っていた。だから同じ千寿園の敷地に住む同士といえども、毎日家族のように顔を合わせるわけではない。

しかし重は喜代が倒れてから、一度たりとも見舞いに来てはくれなかった。

二年前に松次郎を長崎へ送り出したときのごたごたによって、伯父夫婦との間には藍が思っていたよりも深い溝ができてしまっていたようだった。

「最期の言葉、ですか……」

藍の心ノ臓がどきんと鳴った。

「そうだよ。看取《みと》ったのはあんたなんだろう？」

重が怪訝《けげん》そうな顔をした。

「もしかしてお喜代さん、この千寿園の先行きのことを何かあんたに……？」

重の目に鈍い光が宿った。

「お嬢さん、お辛《つら》いときに無理にお答えする必要はございませんよ。お重さまは、少しでも場を繋《つな》ごうと、何の気ないお喋《しゃべ》りを持ち掛けてくださっているだけでございますからね」

藍が黙り込んでしまったところを、久が横から口を挟んで話を切り上げた。

久はずいぶん昔に千住《せんじゅ》の本木町《もときちょう》の紙漉《す》きの家から奉公に来た。当初は丈夫な身体で茶摘みの仕事に精を出していたが、その働きぶりを父に見込まれて、藍たち家族の世話をする女中になった。

滅多《めった》ににこやかな笑顔を見せず一見無愛想にさえ感じられるが、人を見る目は確かだった。

甘い話を持ち掛けてくる胡散臭《うさんくさ》い商売相手は即座に見抜き、喜代に、時には父の作兵衛にまで平気な顔で忠言する。そしてこの家の誰もが久の言うことにはすんなりと従う、という不思議な女中だった。

久の言葉に、その場は白けた顔で口を噤《つぐ》んだ重は、後になって廊下の暗がりで藍の袖をちょいと掴《つか》んだ。

「お藍、これからのことは私たちに任せておくれよ。こっちは、あんたひとりくらい何とでもなるさ。私たちが大事に面倒をみてあげるからね。けれど、あの女中はいけないね。使用人のくせに、私の顔をあんなにまっすぐ、じろじろ眺めるってんだから」

重はまるでそれがとても悪いことであるかのように、眉間《みけん》に皺《しわ》を寄せた。

「お久さんのことですか？　お久さんはずっと昔から、私たち家族がとてもお世話になっている人ですよ。そんな簡単にお暇を出すわけにはいきません」

久を追い出してしまえと言っているのか。

藍は必死で首を横に振った。

「作兵衛さんたちが、あの女中を気に入っていたのは知っているさ。だからもちろん悪いようにはしないよ」

重が、まあまあ、と掌《てのひら》を見せた。

「嫁入り先を見つけてやろう、ってことさ。あの女中の生まれ故郷、千住宿の真ん中で水茶屋をやっている家があってね。裏に呑《の》み屋がある場所柄のせいで少々ガラが悪いお客が多い、って話で、ちょっとやそっとじゃ挫《くじ》けない気丈夫な嫁を探しているのさ」

「お嫁入りですか……」

「そうさ、これほど良い縁はそうそうないよ。これまでさんざん世話になったって話なら、お喜代さんが亡くなったのがちょうどいい機会だ。今までの働きっぷりに報いてやるべきだと思わないかい？」

諭すように言われて、藍は返す言葉が見つからなかった。

それでも久はここに残ると言ってくれるかと、一縷《いちる》の望みを抱いていた。

だが久は重の話にあっさりと首を縦に振り、喜代の喪が明ける間もなくものの数日で嫁入りが決まった。

「今までお世話になりました。ですがお嬢さんのことは、これからもずっと気に掛けておりますよ」

久は通り一遍の挨拶を終えると、小さな風呂敷包みを首に括《くく》り付けてさっさとこの家を出て行ってしまった。

雇い主の娘と使用人の関係だったとはいえ、長年同じ家で寝起きすれば家族同然に親しみを感じていた。

だが時は過ぎ去り、すべてが変わる。

目まぐるしい変化に微塵《みじん》も臆《おく》することなく次の道を進み始める姿は、久らしいといえば久らしかった。

その日は、秋芽の輝く茶畑に冷たい雨が降り注いでいた。

長引く雨のせいでちっとも秋芽の収穫ができない。ただでさえ秋芽の番茶は苦みが強い。このままでは芽が堅くなって売り物にならなくなってしまう。

藍は縁側に出て、もどかしい気持ちで黒い雲の広がる空を見上げた。

喜代が生きていた頃なら、少しの雨くらいものともせずに二人ともほっ被《かむ》りをして茶摘みに出ていたはずだった。

喜代は王子の百姓の家の娘だ。外で働くことが好きで部屋でじっとしていられない性分だった。

年に三度の茶摘みの時期になると自らも使用人に交じって働く。そんな喜代の手伝いをするのは楽しかった。

大きな笊《ざる》を脇に抱えて指先で青い芽を摘み取ると、清々《すがすが》しい匂《にお》いが漂い、気分が晴れた。

重苦しい気掛かりとなっていた松次郎のことも、便りがないのは良い便り、きっと達者にしているに違いないと信じることができた。

だが伯父夫婦が千寿園のすべてを取り仕切るようになってからは、藍の出番はどこにもない。

「お藍、あんたは部屋でゆっくりしておいで。畑に出ると虫に喰《く》われるし、日にも焼ける。いいことなんて何もないよ」

藍が外に出るたびに、作り笑顔の重が家から飛び出してきた。そのうちようやく伯父夫婦は藍が畑に出ることを嫌がっているのだと気付いた。

ここのところ茶畑の地面には、木の枝や色の変わった葉などがぱらぱらと落ちている。使用人たちもこれをいい機会にと、少しずつ手を抜く方法を探り始めているに違いなかった。

藍は小さくため息をついた。

最初に父が亡くなり、松次郎も母も、久までいなくなってしまった。この家はすっかり変わってしまった。

このところ、重がどうやら大きな縁談を纏《まと》めようとしていることにも気付いていた。

きっと私も千寿園から追い出されてしまうのだろう。

「お嫁に行くのなんて嫌よ。私の家はここなんだから」

藍はか細い声で呟いた。

こんなところが、私は甘ちゃんなのだ、とも思う。

「いっそ、奉公勤めに出ようかしら。たくさん働いてたくさん身体を動かすの。兄さんのことも、おっかさんのことも忘れちゃうくらいにね」

見知らぬ誰かに意地を張るように、強い声で言った。

言いながら目頭に涙が浮かぶ。

なんだかとても疲れた。

昨夜もまたろくに眠れなかったせいだ。

喜代が床に臥してから、藍はほとんどまともに横になっていない。

寝ようと思って部屋を暗くして搔巻《かいまき》を被《かぶ》ると、心ノ臓が妙に速く拍動を刻み始めた。

そんなときに頭の中を巡るのは、これから私はどうなってしまうのだろう、という決して答えの出ない不安だ。

眠れない夜、己の前に広がるのはどこまでも真っ暗闇《くらやみ》だ。ただ横たわってじっと暗闇を見つめていると、何もかもが嫌になってくる。こうなって欲しくないという己の行く末が次々と脳裏に浮かんで、うわっと叫びたいくらい苦しくなる。

眠ることなく迎える朝の光は、驚くほどとげとげしく煩《うるさ》く感じた。

朝になると急に眠くなるので、うとうとと微睡《まどろ》むが、日が昇り切る前には、決まって茶畑に出る使用人たちのざわめきで目を覚ましてしまう。

身体が怠《だる》くて節々のあちこちが痛い。頭がぼんやりして何をするのも億劫《おっくう》な心持ちだ。

表で働く人々の明るく力の漲《みなぎ》った様子に比べて、己の重苦しい心と身体が情けなかった。

藍は首筋の痛みにうっと息を止め、しとしとと雨音だけが聞こえる部屋の中を見回した。

床の間の掛け軸の足元に手毬《てまり》が落ちているのに気付く。

「まあ、手毬がどうしてこんなところに。せっかく棚の上に大事に飾っておいたのに。きっとねうの仕業ね」

藍は手毬を手に取った。中で鈴がころころと鳴る。

色とりどりのぜんまい綿が巻きつけられていて、まるで李《すもも》の実にいろんなほうから光を当てたように見える美しい手毬だ。

父が亡くなる少し前に、藍に贈ってくれたものだった。

「おとっつぁん、兄さんはどうしちゃったのかしらね……」

幼い頃から賢いと評判だった松次郎を、上の学校で学ばせるというのは、父のたっての望みだった。

父は生まれつき身体の弱い人だったという。

季節の変わり目になると身体が跳び上がるような空咳《からせき》を繰り返し、よく荒い息をして臥せっていた。

茶摘みの仕事で若いうちに腰を壊してからは、深川《ふかがわ》の坪井信道《つぼいしんどう》という蘭方医に心酔し、月に幾度も通い詰め高い薬を買い求めた。

蘭方医とは、西洋の学問を学んだ医者のことだ。名医ともなれば、これまで誰も治せなかった病をあっという間に消し去ってしまうという。

そんな夢のような話に魅了された父は、文政七年（一八二四年）、長崎で鳴滝塾と呼ばれる私塾が開かれたと聞くと大いに喜んだ。

鳴滝塾とはシーボルトという名の異人が開いた医学校だ。ただ学問を授けるだけではなく養生所も兼ねている。実際の患者を診ながら蘭方の医学に触れることができるという。

父は坪井に口添えを頼み、何としてでも松次郎を長崎へ行かせると決めた。

松次郎を長崎へ留学させるのにかかる費用は、並大抵の額ではない。

「気でも狂ったか？　百姓の家から医者を出してどうする？　俺たちの千寿園を継ぐのは、長子の松次郎しかいないはずだろう？」

伯父夫婦の家には子はいない。誰もが千寿園は松次郎が継ぐものだとばかり思っていたはずだ。

しかし何を言われても父は、

「この世で一番うまい金の使い方ってのは、子に投じることだろう。これまで俺が千寿園のために骨身を惜しまず働いてきたすべてを、松次郎に懸けてみようじゃないか。千寿園なんてもんは、元より兄さんと俺の二人で作った急ごしらえのもんさ。ここで途絶えても先祖に申し訳を考える必要もない。兄さんたちの好きにすれば良い」

と意に介さなかった。

だが松次郎が鳴滝塾への入塾が認められた直後に、父は茶畑で急に倒れて帰らぬ人となってしまった。

「おっかさん、お藍。俺はおとっつぁんの想《おも》いを叶《かな》えてみせる。必ず立派な医者になって戻ってくる」

二十歳《はたち》の松次郎は、賢そうな眼を見開いて大きく頷いた。

松次郎は家族の期待を背負って長崎で学んでいる。松次郎が立派な医者になることは父の、そして家族皆の悲願だった。

いつか松次郎がひとかどの人物となって戻ってくる。

父が夢見たような、この世のものとは思えない夢のような技術を得てたくさんの人を救う医者になる。

きっとそうなると信じていた。

藍は現実の生活の中で、あの日の夢の中の光景のように拗ねてみせたことはない。

「もうおっかさんなんて知らない」と口に出したことなんてあるはずがない。

ぱっとしない己は、せめて我儘を言ってはいけないと思った。決して家族の、松次郎の、邪魔になってはいけないと思った。

ふいに、ことり、と音が聞こえた。

「にゃあ、にゃあ」

猫が縁側に飛び乗ってきたのだ。

「まあ、ねう。今ちょうど、あんたが遊んでいた手毬を見つけたところよ。床の間で遊んだら駄目でしょう」

藍が手毬を揺らして鈴の音を鳴らすと、「わかったよ」とでも言うように「にっ」と親しげな鳴き声が応じた。

ねうは、丸々太った白黒の牡猫《おすねこ》だ。

母猫とはぐれて茶畑の中でぴいぴい鳴いていたところを、茶摘み娘が見つけて拾ってきた。

とにかく人懐こく寒がりで、どんなに畏《かしこ》まらせる客人にでも身を寄せて暖を取ろうとする。

ねうが藍の顔をまっすぐ見上げて「きゅっ、きゅっ」と鳴いた。

部屋の中が薄暗いので丸い目がもっと丸く見える。僅《わず》かに小首を傾《かし》げているように見えた。

「そうなの。おっかさんは、もういなくなっちゃったのよ」

藍は肩を落とした。

喜代が病に臥せってからも、ねうは平気な顔でこの部屋に上がり込んでいた。

「駄目よ、ねう。今はあっちへ行っていらっしゃいな。おっかさんが元気になったらまたおいで」

そう言って追い払おうとする藍に、喜代は「いいさ。そのままにしておやりよ。この子がごろごろ喉《のど》を鳴らしているのを聞くと、よく眠れるんだ」と、弱々しく首を振った。細い腕の中に抱き寄せられたねうは、そら見ろ、というように得意げに顎をつんと上げた。

喜代と藍の二人で顔を見合わせて、ふっと微笑《ほほえ》み合ったのを思い出す。

「おっかさんに会いに来たのね？　寂しいね。ごめんね」

部屋の真ん中で所在なげな顔でちょこんと座ったねうに、不憫《ふびん》な気持ちが込み上げた。

藍はねうを抱き上げて、毛並みに顔を埋めた。

温かい身体に、お日さまに当たった枯草のように香ばしい匂い。

鼾《いびき》のように、ごろごろと喉を鳴らす音。

強張《こわば》っていた身体の筋が緩んでいくような気がする。

寂しいね。

そんな言葉を口に出してしまったせいで、胸が震えていた。

おっかさんはもうどこにもいない。

松次郎には、喜代が死んですぐに急ぎの文を送った。しかしそれにさえも返事はない。いったい松次郎の身に何が起きているのだろう。どうしてこんなことになってしまったんだ、と膝《ひざ》から崩れ落ちるような不安に駆られた。

私はこの家でほんとうに独りぼっちだ。

藍はねうを胸に抱いて、その場にしゃがみ込んだ。

「おとっつぁん、おっかさん、兄さん……」

ねうの尖《とが》った舌が頬をじゃりっと舐《な》めた。

3

はっと目を見開いた。心ノ臓がどきん、と鳴る。

ねうを抱いたまま、座った姿勢で眠ってしまったのだ。

部屋の中は真っ暗だった。あれからどのくらい経っているのだろう。足の指先は冷え切って首が痛い。

外で弱々しい虫の音が聞こえた。いつの間にか雨は止《や》んでいるようだった。

「ねう？　どこにいるの？」

暗闇が心細かった。藍は目を擦《こす》ってねうの姿を探した。

「にゃあああ」

鳴き声に呼ばれて縁側に出るが、ねうの姿は見当たらない。

その代わり、見慣れない黒い四角いものが置いてあるのに気付いた。

「何かしら……？」

恐る恐る近づいてみると、一抱えほどもある古びた木箱だとわかる。

花札の札を半分にしたくらいの大きさの小さな引き出しがいくつもついていた。

引き出しを一つ開けると、ふわりと薬草の匂いが漂った。

「これ、薬箱だわ。お医者が使う薬箱よ」

はっと身を震わせた。

「もしかして、兄さん？　ここへ戻ってきたの？」

暗闇に向かって声を掛けたが、見渡す限り人の気配はどこにもない。

藍は空が明るくなるまで、その場でじっと庭を見つめていた。

4

長雨が明けると、ぐんと寒さが増す。

滝野川の流れから立ち上った朝霧で、あたり一帯白い靄がかって見えた。

この朝霧のお陰で、茶葉が何より嫌う霜を防ぐことができる。

水はけと風通しが良く穏やかな気候の西ヶ原は、父と伯父が修行した駿州江尻とよく似ているという。

藍は早朝のまだ人けのない茶畑を越えて、林の奥の小さな墓に辿《たど》り着いた。

「おとっつぁん、おっかさん、そちらはどうですか。安らかに眠ってくださいね」

藍は墓石に残った雨垂れを、手拭《てぬぐ》いでぐっと拭《ふ》いた。

色が変わりかけた墓前の花を片付けて、代わりに新しいものを飾る。両親の湯呑みに柄杓《ひしゃく》で綺麗《きれい》な水を注いだ。

「あらっ？　何かしら？」

喜代の墓の前に、藍の掌にすっぽり収まってしまうほどの小さな紙包みがあるのに気付いた。

紙包みを開いてみると、果物の種のような紅白の粒がいくつも入っていた。

顔を近づけてみると小さな突起がいくつも広がり花のような形をしている。微《かす》かにふわりと甘い匂いが漂う。――長崎の砂糖菓子、金平糖《こんぺいとう》だ。

珍しい菓子ではあるが、お江戸でも手に入らないことはない。だが、こちらでは武家のお姫さまが食べるような高級なものだ。

「二人とも、兄さんに会ったのね？　やっぱり兄さんはここに来たんだわ！」

思わず声を出す。

ふいに誰かに呼ばれた気がして振り返った。

耳を澄ます。

「おーん、おうおう」

遠くで野太く伸びる猫の鳴き声。

「ねうなの？」

半信半疑で呼びかけてみたら、「そうだ！」とはっきり意思が籠《こも》った「にゃっ！」という鳴き声が答えた。

「ねう、どこにいるの？」

姿は見えないのに、鳴き声だけははっきりと聞こえる。

まるで身体中の力を振り絞って声を出しているかのような、必死の様子だ。

ねうがどこかで助けを求めているのだ、と気付く。もしかしたら、深い穴にでも落っこちて身動きが取れないのかもしれない。

「ちょっと待ってね、すぐに行くわ」

藍は少し駆け足で走っては、立ち止まって耳を澄まし、鳴き声の聞こえるほうを辿った。

「おーう、おーう、わーうわう」

どうにかこうにか進むうち、ねうの大騒ぎの声は、すぐそこまで近づいていた。

周囲をぐるりと見回す。

古びた平屋が目に入った。

それほど大きな家ではないが、小屋と呼ぶほどみすぼらしいものでもない。

だが長い間手入れをされていないようで、屋根には穴が開いて、庇《ひさし》のあたりから朽ちかけた板がだらりと垂れ下がっていた。

かつてこの一帯が楮《こうぞ》畑だった頃に使われていた紙漉き用の作業小屋だ。

「ねう、ここにいるの？」

藍は恐る恐る戸口に手を掛けた。閂《かんぬき》はかかっていない。案外滑らかに戸が開いた。

「どなたかいらっしゃいますか？」

答えが返ってこないことはわかっていた。

藍の声は埃《ほこり》だらけの廊下に空《むな》しく響いた。

「猫を探しているんです。少し中を見させていただきますね」

この家にかつて暮らしていた人の亡霊に話しかけるような心持ちだ。

草履を脱ごうと身をかがめたところで、上がり框《がまち》の埃が消えていると気付いた。

いびつな楕円形《だえんけい》に、そこだけ埃が綺麗に拭きとられている。

誰かがここに腰かけたのだ。

急に怖くなった。

今ここで藍が悲鳴を上げても誰にも聞こえない。死んだ人の魂を見てしまうことの何百倍も、何者だかわからない生きた人に会うことのほうが恐ろしかった。

だがはっと背筋を正して身構える。一刻も早く、ねうを探し出さなくてはいけない。

よくよく目を凝らすと、廊下の埃に点々と足跡が続いているのが見て取れた。

「わーう、わーう、おろろろ」

ねうの鳴き声は足跡の向かう先から聞こえている。

藍は震える息を大きく吸って、吐いた。

両手に草履を握り締めて、なるべく足音を立てないように既にある足跡の上をそろりそろりと歩く。

男の歩幅だ。

息が浅くなる。このまま家に駆け戻ったほうがいいのかもしれない。

使用人に、見知らぬ誰かが敷地に潜り込んでいるようだと伝えれば、きっと大きな木刀を背負《しょ》っ担いで一緒にここへ来てくれるだろう。

臆する心持ちに反して、身体は先へ進む。

廊下のどん突きにある部屋の戸が少しだけ開いていた。

隙間《すきま》に顔を近づける。そうっと戸を開く。

「兄さん……！」

藍は息を呑んだ。

雨戸を閉じ切った部屋の中で、兄の松次郎が身体を丸めて眠っていた。

松次郎の腕の中には、ねうがいた。

しっかりと抱き締められているので、身動きが取れないのだろう。

耳を尖らせ、かなりむっとした顔をして目を見開き大声で鳴く。早くここから出してくれと、必死の形相で藍に訴えかける。

藍が慌てて松次郎の腕をぐいっと引っぱり上げると、ねうは、ぱっと風のように一目散に駆け去った。

「兄さん、どうしてこんなところに……」

腕を引かれてもちっとも起きる様子のない松次郎の顔を、まじまじと見つめる。

ほんの二年間で、松次郎の姿はすっかり変わり果てていた。

藍の思い出の中の松次郎は、いつも自信に満ちた顔をして、きりっと真っすぐ前を向いていた。勉学ばかりであまり身体を動かしていなかったせいか、男子にしてはほんの少々肉付きが良くて、藍とよく似た丸い目と丸い鼻をしていた。そのおかげで顔つきはいつも優しかった。

だが今ではふっくらしていた頬は、げっそりこけて無精髭《ぶしょうひげ》で覆われていた。きらきらと希望に満ちていた目は、鋭く尖っている。

血の気の失《う》せた顔に、青紫色の薄い唇。まるで花魁《おいらん》が白粉《おしろい》を塗ったように、身体中どこもかしこも青白い。

兄さんの身に、いったい何があったのだろう。

藍の胸の中に灰色の靄が広がっていった。

5

あたりがすっかり暗くなった頃、音もなく縁側に人影が現れた。

人影は周囲を見回して人目がないことを確かめると、慎重な仕草で草履を脱ぎ、脱いだ草履をきちんと揃えた。

忍び足で縁側に上がったそのとき、こつん、と足元の何かに躓《つまず》いた。

手毬の中の鈴が、ちりん、と鳴る。

と、藍は押し入れから飛び出した。

「兄さん、お待ちしていましたっ！」

「わっ、お藍か！　驚かすな！」

松次郎が仰天した様子で飛び退《の》いた。

「ずっとずっと兄さんをお待ちしていましたよ！　さあ、今まで何があったのか、すっかり話して聞かせてくださいな！」

藍は背筋を伸ばして両腕を前で組んだ。

医者にとって薬箱は何より大事なものだ。薬箱をこの家に置いたままにしているなら、松次郎は夜になったらきっとこの家に戻ってくる。そう思って、行燈《あんどん》も灯《とも》さずに押し入れの中で待ち構えていた。

「私、日中に畑の隅の小屋に行ったの。ねうが、ここにいるって教えてくれたのよ」

藍は月明かりに朧《おぼろ》に浮かぶ松次郎に向かって、膨れっ面をして見せた。

「そうか、ならばこの掻巻を掛けてくれたのはお藍だな。寝ている間に誰が来たのかと、肝が冷えたぞ。相変わらず兄さん想いの優しい妹だ。思ったとおりの良い子に育って兄さんは心から嬉《うれ》しいぞ」

松次郎は藍が拍子抜けするくらい気の抜けた口調で言うと、小脇に抱えた掻巻をこちらに示した。

「そうよ。兄さんたらぐっすり眠り込んで、いくら声を掛けても決して起きやしないんですもの。こんな急に寒くなった日に、あんなところで寝ていて風邪をひいたら大変でしょう。慌てて家まで戻って掻巻を取ってきてあげたのよ」

言いながら、藍はあれっと首を傾げた。

兄さんって、こんな話し方をする人だったかしら？

「お藍の心遣いのお陰で兄さんはとても助かったぞ。こんなによく眠れたのは、どのくらいぶりだろうな。いやあ、まるで生まれ変わったような心持ちだ。この世が光り輝いて見えるぞ」

　松次郎が月明かりに向かって両腕を開いて見せた。

　ぐっとのけぞったので、姿勢を崩して倒れそうになったところを、おっとっと、なんて呑気《のんき》な声で立て直す。

「よく眠れた、なんて、そんな気の抜けたこと言って。兄さんがいない間、この家に、おっかさんに、何があったか知っているの？　ほんとうに、ほんとうに大変だったんだから……」

　藍は涙声になって眉《まゆ》を下げた。

「こんな夢を見た」

「へっ？」

　藍は思わず素《す》っ頓狂《とんきょう》な声で訊き返した。

「空は夕暮れだ。母さんとお藍が、茶畑を眺めながら俺のことを話している。お藍はちっとも便りを寄こさない薄情者の俺にすっかり腹を立てていて、『おっかさんは、いつだって兄さんのことばっかり』なんて駄々を捏《こ》ねている。お藍はほんとうに甘えん坊だなあ。そういえばお藍は私が褒められるたびに、膨れっ面で母さんに我儘を言って困らせていたな、と思い出すとたまらなく可愛らしくも思える。だが、さすがに十七になってもそんな甘ったれではこれから先が心配になってもくるぞ」

「嘘《うそ》……」

藍の頰がかっと熱くなった。

「兄さん、ほんとうにそんな夢を見たの？　私と同じ夢を……」

遠く離れていても、兄さんと私は同じ夢を見て心が繫がっていたのだろうか。

「作り話だ。ここへ来る途中、千住宿の水茶屋でお久に会った。お久から母さんが亡くなったことと、お藍の萎《しお》れた様子を知らされたまでだ」

松次郎は藍の熱い言葉を、あっさりと受け流した。

「えっ、作り話ですって？」

藍は目を白黒させて、闇に紛れた兄の姿をまじまじと眺めた。

「母さんのことは残念だった。心の底から残念だ。だが、親というものは先に逝くと決まっている。残された子は親から受けた恩を胸に立派に生きると決める、それ以外に道はない。親を見送って気を病むなんて、人として最もあってはいけないことだ」

「気を病む、ですって？」

不穏な響きに、藍は眉を顰《ひそ》めた。

「お藍、ここのところちっとも眠れていないな？　いやいや、言わなくともわかる。お藍の目元の皺、乾いた瞳、浅い息、浮腫んだ顔。一目見れば俺にはわかってしまう」

松次郎が藍に向き合った。

「えっ、そんな」

藍は慌てて己の顔に掌を当てた。

「人は眠らなくてはいけない。眠らなければ何も変わらない。眠ることは生きること。眠らないのは死へと進むことだ。この世にはびこる万病を治すたった一つの方法、それは眠ることに他《ほか》ならない」

「ねえ、兄さん、ちょっと待って。何が何だかわからないわ」

松次郎の言葉は、まるで物売りの口上のように矢継ぎ早に繰り出される。

いったい今、私は誰と話しているのだろう、なんて呆気《あっけ》に取られるが、その声は間違いなく松次郎のものだ。

「人の身体は陽気が尽き、陰気に満ちると眠くなる」

松次郎は藍の困惑を意に介した様子もなく続けた。

「いったい何の話をしているの？」

「陽気、とは己の心を高ぶらせ身体に熱を満たすものだ。お藍の胸にはそれがいっぱいに詰まって行き場をなくしている。ならばどうすれば良いと思う？　さあ、お藍、ここからはお前が考えろ」

急に訊かれて、藍はぐっと唸《うな》った。

「胸の中にいっぱいに詰まったもの……？」

「そうだ、お藍の胸の内はまるで茶葉の詰まった布袋のようになっている。それを取り去るためにはどうすれば良い？　子供でもわかる簡単なことだ」

藍の胸に茶葉の詰まった袋が浮かぶ。むせ返るような草いきれの漂う蔵の中。使用人の誰かが簪《かんざし》をぴっと引っ掛けて、裂け目から茶葉が勢いよくざあっと溢《あふ》れ出してしまった光景が蘇った。

「袋に穴を開けるのね。そして中身を出してしまえばいいのね」

「そうだ。ならばどうやって？」

松次郎が早口で畳みかけると、ずいっと一歩前に出た。

「えっと、えっと」

「お藍の胸の内には何がある？　何が詰まって、何が渦巻いて、お藍の身体を陽気で苛立《いらだ》たせるのか？　それを考えるんだ」

「そんなこと言われたってわからないわ」

藍は身を引いて肩を竦《すく》めた。しばらく黙って松次郎をじっと見つめる。

「わからなくちゃいけない。それをわからずにどうやって生き延びる？　ほんとうにお藍は、いくつになっても甘えん坊、いや甘ったれの子供のまんまだな」

何よ、その言い方。私とおっかさんが、便りが途絶えた兄さんのことでどれだけ思い悩んだと思っているのよ。それがいきなり現れて何が何やらわからないまま、こんなふうに責められる筋合いはないわ。

藍の胸にむかむかと苛立ちが込み上げた。

「兄さん、ちょっとこっちへ来てちょうだい」

「何か気付いたな。これは良かった。もちろんだ、可愛い妹のためなら……」

暗い部屋に、ばちん、と大きな音が響き渡った。

藍が力いっぱい松次郎の頬を叩いたのだ。

「兄さんの馬鹿！」

大声を出すと、両目から涙が後から後から流れ出した。

父が亡くなってから、たった一筋の光のように楽しみに思っていた松次郎からの便り。それが途絶えてしまって、どれほどおっかさんは気落ちしただろう。どれほど藍は不安に思っただろう。

喜代を看取ることのできなかった情けなさ。

喪も明けぬうちに「いい機会だ」なんて、情のないことを平気な顔で言って久を追い出した重。

何年も一緒に過ごしていたのに、あっさり荷物を纏めていなくなってしまった久。

急に羽振りが良くなった伯父夫婦。

藍が関わることを許されず、少しずつ、でも確実に変わっていく千寿園の雰囲気。

ぜんぶぜんぶ、兄さんがここにいてくれなかったせいだ。

頭の奥では寂しさ故の言いがかりとわかってはいた。だが喉から嗚咽《おえつ》が漏れる。

藍はうわあんと泣き声を上げて、うんと幼い頃の兄妹喧嘩《げんか》のように松次郎に摑《つか》みかかった。

「うおっ、ちょっと待て、待つんだ。顔はいけない。頭もいけない。胸もいけない。叩いて良いのは尻と腹鼓だけだ」

逃げ出そうとする松次郎の胸板をぽかんと叩いた。

松次郎の身体は薄く痩せていた。こんな細い身体、本気になって叩いたら骨の一本も折れてしまいそうだわ。そう思いながら、幾度も幾度も叩いた。

藍は後から後から流れ落ちる涙を、乱暴に袖で拭った。

大きく肩を揺らしてしゃくりあげる。

そのうちふと気付く。

松次郎は決して藍のことを振り払おうとはしていない。

急に身体がずしんと重くなった気がした。

まだ顔は涙で濡《ぬ》れているのに、眉は尖ったままなのに……。

「気が済んだか。ならばじきに眠れる。やれやれ良かった良かった」

松次郎が可笑《おか》しそうに言った。

「兄さん、それってどういうこと？」

わざと強い口調で応じたはずなのに、唇が半開きになって、瞼《まぶた》がとろりと落ちた。

「これほど泣くことができれば、もう大丈夫だ。これほど暴れ回るとまでは思っていなかったが。お藍は、母さん譲りの力持ちだというのを忘れていた」

松次郎が頭を掻《か》いてから、己の身体の無事を確かめるように手足を動かして見せた。

ついでに涙に濡れた藍の頬を、着物の袖でぐっと拭く。

松次郎に幼子のように顔を拭かれて、なんだか急に鼻白んだ気がした。

「兄さん、私、初めて泣いたわ」

この家で、藍はいつだって涙を堪《こら》えていた。

奥歯をしっかり噛《か》みしめて、眉間にぐっと皺を寄せて、決して泣いてはいけないと己の胸に言い聞かせていた。

あのときの私の胸には、確かに二六時中熱い何かが燻《くすぶ》っていた。

陽気というのがいったい何のことだか藍にはわからない。だが大泣きしたことで、熱がすっと身体から出て行ったということはわかる。

藍は目を擦った。

その場に似合わない、呑気なあくびがひとつ出た。

「お藍、眠れ。明日のために眠るんだ」

松次郎が少し笑ったような気がした。

胸の内に張り詰めていた糸が、ぷつりと切れる音がした。

「私が眠ったら、兄さんはまたいなくなっちゃうんでしょう？　真っ暗闇に出て行っちゃうんでしょう？　おっかさんと同じように、いなくなっちゃうんでしょう？」

藍は子供がいやいやをするように、首を横に振った。

洟《はな》をぐすりと啜《すす》る。もう独りぼっちにはなりたくなかった。

「いなくなりやしないさ」

松次郎の言葉に、藍は目を閉じた。

もう一度、大きなあくびが込み上げた。眠くて眠くて、もう少しも身体を起こしていられない。

その場でぺたりと横になる。

「ほんとうね？　きっとよ」

言いながら、意識が入道雲のように真っ白な靄の中へするすると落ちていくような気がする。

もうあと少しですっかり眠りに落ちそうなところで、びくん、と身体を震わせた。

ぱちんと目を見開く。

「兄さん、忘れていた！　私、このままじゃあ眠れないのよ。毎晩、寝る前に言っていたの。おっかさんと一緒に、一日だって欠かさずに……」

「この期に及んでいったい何だ？　昔話をして、子守歌を歌えっていうのか？　そうか、ならば兄さんがとっておきの眠くなる話を聞かせてやろう。このところ評判の落とし噺《ばなし》だ。昔々、生まれたばかりの子供の幸せを祈って、少しでも長い名を付けたいと願った父親がおりました。父親は和尚さんのところへ……」

「違うの。一言だけよ。兄さん、『おやすみ』」

胸の奥でかちっと何かがはまった気がした。

家族同士の、寝る前の挨拶だ。

これまでずっと、藍には優しい声で「おやすみ」と言ってくれる人が、「おやすみ」と言える相手がいた。

父が亡くなって松次郎が長崎へ行き、最後に母が亡くなった。

今ではもう、藍に「おやすみ」と声を掛けてくれる人は誰もいなくなってしまった。

松次郎へ「おやすみ」という一言を発したそのとき、藍の心はその場からふわりと離れた。

熱くも寒くも、昼も夜もない世界。ただ静かで平穏で、己の息遣いだけを感じる世界。

薄れゆく意識の中で、藍は松次郎が「お藍、おやすみ」と応える声をはっきり聴いた。

6

雀《すずめ》の鳴き声で目を覚ました。

藍は勢いよく雨戸を開いた。家の中に朝の光がわっと差し込んだ。

雀たちの飛び立つ羽音が聞こえ、表の木の枝が揺れる。

凍るように冷たい風だ。けれど息を吸い込むと、身体中がすっきりと澄みわたるような気がする。茶畑に漂う朝霧の水気が肺の中に満たされるのがわかった。

大きく口を開くと、まるで山奥の清流の水を含んだような清々しい甘味を感じた。

「ああ、良く寝たわ」

ぐっと喉を鳴らして大きく伸びをした。

空はうっとりするくらい青く雲一つない。冬の晴れ空だ。

「いいお天気。おっかさん、おはよう」

空を見上げて呟く。

覚えずとも口元に小さな笑みが浮かんでいた。

おっかさんを亡くした悲しみは消えていない。おっかさん、と呼ぶと胸がちくりと痛む。それなのに明らかに気分が晴れていた。

まるで己の身体が瑠璃色《るりいろ》に輝く釉《うわぐすり》の塗られた頑丈な器になったような気がした。器の中には、決して消えることのない想いを湛《たた》えている。だが器に水を注いだくらいでは、決して溶けてばらばらに壊れてしまうことはない。

己の身体が、悲しみを受け止められるだけ回復したのだ、とはっきりわかる。

節々の痛みはそっくり消えていた。身体は驚くほど軽い。眉間に皺を刻むやり方も忘れてしまった。

一日が始まることが嬉しかった。ほんの僅かでも昨日よりも今日をいい日にしよう、と思える力が湧《わ》いてくる。

眠ることとってすごい、と思った。

頭の中がすっきりまとまって、心が軽くなって、細々した身体の不調があっという間に消えていく。

「そうだ、兄さん、どこ？」

部屋の中を見回すが松次郎の姿はない。だが床の間の脇に薬箱が置かれていた。

「お藍、ちょっといいかい？」

庭先で重の声が聞こえた。

咄嗟《とっさ》に、薬箱に手拭いを被せて隠す。

「おはようございます。何かご用ですか？」

「おやおや、わざわざ外までお出迎えしてくれなくてもいいんだけれどねえ。いつもの朝寝坊はやめたのかい？　お喜代さんが亡くなってからずいぶん気落ちしていたから、近いうちにあんたの先行きのことも考えてあげなくちゃと思っていたんだけれどねえ」

慌てて草履を履いて飛び出してきた藍に、重は妙な顔をした。

「ええ、おかげさまで、もうこのとおり元気いっぱいです」

藍は腕を振り回して見せた。

「へえっ、ならよかったよ。ところで、松次郎は戻っていないね？」

重が藍の顔色を窺《うかが》うように覗《のぞ》き込んだ。

と同時に、縁側の奥の部屋の様子にも目を走らせる。

「えっ？　ええ。兄さんは二年前に長崎の鳴滝塾に……」

重の声色に不穏なものを感じた。

思わず嘘が口を突いた。

「そんなことはとっくに知っているよ。もしも松次郎が戻ってきたら、すぐに私に知らせてくれるね?」

「兄さんが、どうかしたんですか?」

「松次郎を探しているって人が来たのさ。千住宿で似た顔を見たって人がいるらしい、ってね。でもどうやら、こちらを発《た》ったときとすっかり人相が変わっていたから、本物かどうかはわからないって話さ」

「いったい誰が兄さんを探しているんですか?」

急に喉が渇くのを感じた。

「お役人だよ。どうやらあの子は、長崎でとんでもないことをやらかしたみたいだ。だから私たちは、あれほど忠言したのに……」

重はいかにも頭が痛い、という様子で額に掌を当てた。

「兄さんが、何か罪に問われることをしたっていうんですか?」

「ああ、いけない、いけない。お藍はそんなこと知らなくていいのさ。ただ、松次郎がここに現れたらすぐに教えておくれ。すぐにだよ」

幾度も念押しをしながら家に戻る重の背を、藍はぼんやりと見送った。

役人が松次郎の行方を探している。

重が部屋の中に目を走らせたときの鋭い目つきを思い出して、背筋が冷えるような気がした。

「兄さん、いったい何をしたのよ……」

胸の中にじわじわと霧が立ち込める。

だが臆病心を振り切るように、藍はふんっと息を吐いて胸を張った。

ねえおっかさん、きっと平気よね？　私、きっと何とかしてみせる。

胸の中で呟いた。

そうでなくっちゃ困るわ。私は目が覚めたの。ぐっすり眠って、はっきり目が覚めたのよ。

恨み言を言う相手なんてどこにもいない。過ぎたことを悩んでも答えは出ない。

ただ、寂しい、悲しいって素直な気持ちだけをずっと胸に抱えて、まっすぐ前を向いてやり直すのだ。

藍は幾度も己に言い聞かせながら、胸の上を握り拳《こぶし》でとん、と叩いた。

茶畑の空を、雀がちゅんちゅんと鳴き合いながら飛び去った。

その壱

江戸の人々は、こんなに眠っていた！

電気はなく、夜の灯《あか》りのための油が貴重だった江戸時代。江戸の人々の一日は日の出とともに始まり、日没とともに終わります。

日の出の明け六つ（午前六時頃）に時の鐘が鳴ると皆が活動を始め、日没の暮れ六つ（午後六時頃）には家に戻って眠る準備をします。

夜四つ（午後十時頃）には路地口の木戸が閉まって家に戻れなくなってしまうので、その頃には町中が寝静まっています。

昼間に働く市井の人々の眠る時間は、年間を通してだいたい十時間ほど。時計などを使わず、太陽の動きを基準とした不定時法なので、昼間が長い夏は少し睡眠時間が短くなり、その分冬はたっぷり眠る、という自然の流れに身を任せた生活でした。

灯りがないと不便なこともたくさんありますが、現代の人々よりもずっと〝健康的な睡眠生活〟を送ることができていたようです。

ちなみに江戸でいちばん早起きなのは、夜明けとともに、朝ごはんに使う出来立ての豆腐を運んでくる豆腐売りです。江戸っ子は豆腐売りの売り声を聞くと、朝の訪れを知ったとか。今なら、夜明けの新聞配達のバイクの音のようなものかもしれませんね。

第二章　枕もと

1

明け方前のまだ薄暗い空だ。

ここ幾日かですっかり冬になった冷たい風に藍が顔を上げると、暗い空に残った星が氷の欠片《かけら》のようにきらきらと瞬いた。

林の奥に建つあばら家を見上げる。思っていたよりもずっとずっと襤褸《ぼろ》の家だ。

藍は気が弱りそうになるところを、ぶんぶんと首を横に振って口元を引き締めた。

朽ちかけた縁側には、添え棒を打ち付ければ良い。破れた障子くらいなら家中のものを替えようとしても半日で終わらせることができる。

「兄さん、来たわよ。本に、お着替えに、それにお鍋にお皿、頼まれていたものは全部持ってきました」

よいしょ、と唸って、大きな風呂敷包みを床に置く。

「おお可愛い妹よ。よくやってくれた。お前がいなかったら、今頃俺は行き倒れて、茶葉の陰で幽霊になってお前の姿をしみじみと眺めているしかなかっただろう。お藍は命の恩人だ。いつか時が来たならば王子稲荷《いなり》の縁日に繰り出して、お前が大好きな大きな飴《あめ》をたらふく喰《く》わせてやるぞ」

松次郎は待ち構えていたように喋り出す。

「ちょっと静かにしていてくださいな。兄さんに言われたとおり、伯母さんに見つかっていないか幾度も後ろを振り返って来たから、疲れ切っちゃったわ。あらっ、ねう？　見当たらないと思ったら、そこにいたのね」

松次郎を従えて藍を出迎えたのは、白黒猫のねうだ。尾っぽをぴんと立てて、この家の主人のような顔をしてどっしりと落ち着いている。

「ねうはこの家で暮らすと決めたらしい。きっと俺のことが好きでたまらないのだろう。この世でいちばん良い猫だ」

ねうの首には枯草を編んで作った首輪が結んであった。

「これ、兄さんが作ったの？　ねう、ずいぶん可愛らしい首輪をもらえてよかったわね」

首元を撫でると、ねうは「うくく」と喉を鳴らしてうっとりと目を細めた。いつもにこにこ笑っているような、口の端の上がった顔をした猫だ。

ふっと気が抜けたところで、昨夜の光景を思い出す。

「ねえ、兄さん、教えてちょうだい。いったい何があったの？　お役人がどうして兄さんを探しているの？」

藍がいくら訊いても、松次郎は「いつの日か、お藍のお喋り癖が直る日が来たら教えてやろう。それまでは知らぬが仏だ」などと煙《けむ》に巻く。

さらには「俺はこの千寿園でやらなければならないことがある。それを成し遂げるまでは、あのあばら家で身を隠して生きるんだ。たったひとりの妹ならば、兄さんに力を貸してくれるに決まっているな？」などと無茶を言い出した。

「ここでやらなければいけないこと、って何？」

「一つは、養生所を開く」

「えっ？　身を隠しながら養生所を開くなんてこと、できるはずがないでしょう？」

「そこは心配いらない。お久が千住宿の水茶屋の客の中から、ぴったりの患者を探してくれることになった」

「お久さんが？　いつの間にそんな話になっていたの？」

藍は呆気に取られた。

「お久は快く引き受けてくれたさ。『お嬢さんのことは、これからもずっと気に掛けておりますよ』と伝えてくれと言っていた。お久の人を見る目はおとっつぁんのお墨付きだ。きっと良い力添えになってくれるに違いないさ」

「お久さん、ほんとうにそう言ってくれたのね……」

藍は己の掌を胸に当てた。

この家を去るときのあの言葉は、その場限りの決まり文句ではなかったのだ。

「さっき兄さんは、一つは、って言ったわよね？　養生所を開くことのほかに、何か続きがあるの？」

「それは言えない。決して言えない。お藍に泣かれても叩かれても絶対に言えない。悪いがそれで察してくれ」

松次郎はあっさり言い捨てる。

「もう、何よそれ……」

藍は唇を尖らせた。

だが松次郎の口から「養生所を開く」なんて前向きな言葉を聞いてしまうと、急に弱くなる。

いくら訳ありの変わり者になってしまったといっても、松次郎が日本で唯一の蘭学の医学校、鳴滝塾で学んだ秀才であることには変わりない。無事に学びを終えて戻ってきたならば、どこかの藩からお抱え医者として声がかかってもおかしくないはずの経歴だった。

松次郎が医者として働くことは、この家の悲願だ。

空が僅かに明るくなってきた。

藍はあばら家の傾いだ縁側に座って、茶畑に光が差す光景を眺めた。

ここからは、おとっつぁんとおっかさんのお墓もすぐそこに見える。

寂しい光景に温《ぬく》もりが戻る。ひっそりと暗闇で眠っているだけに見えた場所が、あの世とこの世の境目のようにざわめく。

新しい一日が始まる。朝の光はやっぱりいいものだ。

いつの間にか縁側に並んでいたねうが、「うがっ」と大きなあくびをしてとぐろを巻いた。

「それじゃあ、俺はそろそろ寝るぞ。兄さんは、朝日に当たると、塩をかけられたナメクジのように身体が溶けてしまうのだ」

松次郎は冗談を言いながら素早く縁側へ出てくると、ねうをひょいと抱き上げた。

今にも眠りかけていたねうは、とっくに溶けたナメクジのような目をして「うー」と小さな抗議の声を上げる。

「ねえ、兄さんは、ずっと昼と夜が真逆の生活を送っているの？」

「ああそうだ。そんなことはちっともしたくない。だがそうでもしなければ、きっとすぐに人目につくだろう」

どこまでも軽い口調の松次郎は、ねうを抱き上げて頬にちゅっと唇を押し付けた。ねうが「やーん」と鳴いて嫌そうな顔をする。

「あれからお藍は、よく眠れているか？」

「ええ。そこは兄さんのお陰よ」

藍は頷いた。

「私、眠ることの大切さに気付いたの。眠れないってことがどれだけ辛いことだったかってわかったわ。兄さんがしてくれた陰気と陽気の話、あれって長崎で学んだことなのよね？　すごい発見だわ。ほかにも私と同じように困っている人がいたら教えてあげたいくらいの……」

「せっかく喜んでもらえたところで残念だが、あれは蘭学ではないぞ。昔からこの国に根付いた漢方の考え方だ。今の西洋では、眠りについて学んでいる者なんてどこにもいやしないさ。西洋の奴《やつ》らは眠ることは恥ずかしいこと、正すべきことだと思っている。まったく眠らないで働き続けるにはどうしたらいいか、なんて馬鹿げた研究を皆が真剣にしているさ」

「えっ？　蘭学じゃなかったの？」

藍は目を丸くした。

「ただ一人、俺たちの先生は別だがな。先生は、人が眠ることの大切さを知っていらした」

松次郎が遠くを見る目をした。

「……ぐっすり庵だ。ぐっすり眠れるぐっすり庵だ」

しばらく黙ってから、松次郎がきっぱり言った。

「え、えっと、何の話？」

「俺は人の眠りを診る。養生所の名はぐっすり庵だ。看板は丁寧な字で書いておけよ」

松次郎が踵《きびす》を返すと、腹のあたりでねうが「書いておけよ」と繰り返す口調で

「きゅっ」と鳴いた。

2

坂道で大八車の手をぱっと離してしまったような。ここのところずっと、そんな心持ちで生きていた。

〝小倉屋〟のせいだ。

虎之助《とらのすけ》は苦々しい思いで敵の名を胸で呟くと、お猪口《ちょこ》の酒をぐいっと呑み干した。

虎之助が本所《ほんじょ》吉田町で主人を務める〝蔵屋〟の目と鼻の先に、下総《しもうさ》から流れてきた余所者《よそもの》が〝小倉屋〟なんて店を開いたのだ。

「うちは昔からこの名だよ。それに〝蔵屋〟と〝小倉屋〟。字面はまったく違うじゃないか。言いがかりはよしておくれよ」

小倉屋の主人の憎たらしい顔が脳裏《よ》を過ぎる。

字面は違ったって響きはそっくりだ。それに加えて、業種はうちと同じ質屋だって？　そうか、そちらがそのつもりなら受けて立ってやる。

胸の中で車輪が回る。その勢いはどんどん増して行く。こうしちゃいられない、ぼやぼやしている間なんてどこにもない、と、気ばかり焦って身体が浮き立つ。

どこかで誰かが金の話をする気がする。どこかで誰かが、虎之助を出し抜く相談をしているような気がする。

もっと駆け回らなくては。寝食忘れて仕事に精を出し、目の前に散らばった金を掻き集めるのだ。

せっかくの四十の働き盛りだ。これより若ければ経験が足りないし、これより齢《とし》を取ってしまったら気持ちに身体がついていかない。

俺は必ずこの勝負に勝ってみせる、と思う。

「女将《おかみ》、もう一杯おくれ。今度は熱燗《あつかん》をつけてくれ」

虎之助は空になったお猪口を振った。

日が落ちてからずいぶん時が経っている。

千住宿の居酒屋は、酔っぱらった男たちの人いきれでむせ返るようだ。誰もがしたたか酔いが回って、喉を傷めるような大声でがなり立てている。

商売相手との付き合いで大川を越えて、ほんのついでに千住宿で夜を明かすことになった。

宿場町の賑《にぎ》わいの中にいると、ずいぶん遠くに旅に出たようにも感じる。だがここから吉田町まではさほど遠くない。明日の朝、夜明けとともに宿を出れば蔵屋が開く前には店に戻れるはずだった。

「いい呑みっぷりだ。顔色一つ変わりゃしないな」

隣の席の男が、真っ赤な顔で声を掛けてきた。

「呑めば呑むほど頭が冴《さ》えちまう、ってそんな性分なのさ」

少々格好つけて答えた。半分嘘で、半分はほんとうだった。

酒が身体に回ってくると、少しずつ人の心が戻ってくる気がした。

虎之助にとって、息をするのも忘れるような気張った日々、常に何かに追い立てられるような忙《せわ》しない日々を唯一忘れることができるのが、酒を呑んでいるときだ。

虎之助は縁台の上に置かれた一輪挿しを、ぼんやりと眺めた。

椿《つばき》の花が一輪挿してある。

無粋な虎之助は、そんな光景を見ても、ああ、花があるな、としか思わない。

だが蔵屋の前掛けをして金の算段に駆け回っているときの虎之助だったら、道端に椿の花が落ちていても目もくれずに踏み潰《つぶ》しているに違いなかった。

蔵屋は一風変わった質屋として、お江戸中から広く客を集めていた。

虎之助は元々蔵屋の丁稚《でっち》奉公だったところを、先代に商才を見込まれて番頭になり、ひとり娘の菊《きく》と祝言して入り婿となった。

先代までは、至って普通の質屋だった。質草を取る代わりに金を貸して、金が返ってくれば質草を戻す。客の金の算段がつかなければ、質草は質流れとなる。だが虎之助は安価で売り払われてしまう質草を、丹念に手入れして人に貸し出す商売を始めた。

庶民の質草となるものは、何かのときに金に換えようと大事にしまわれていた宝物だ。着物でも、帯留めでも、ほとんど使われていないものが多く、別の誰かの晴れの日に、店で買うよりもずっと安く貸し出すにはぴったりだった。

その商売は大きく当たった。

先代がそこかしこに作っていた借金もすべて返した。

蔵屋と地続きの土地にあった元から大きな屋敷を、さらに建て増しした。

菊は二人の丈夫で賢い男の子を産んだ。妻を早くに亡くした先代は、同じ敷地の離れに暮らしながら、虎之助が渡す少なくない額の小遣いで気ままな隠居暮らしを楽しんでいる。

「へえ、そうかい。本所で質屋をやっているのか。ってことは明日の朝にはとんぼ返りだな。あんた、いったいいつ寝てるんだい？」

客の男が虎之助の顔を覗き込む。

「俺は寝なくても平気なのさ。寝ている間がもったいねえや」

「へえっ、金持ちってのは違うねえ。俺なんて、ぐうすか高鼾で寝ている間だけが楽しくて生きているようなもんさ」

虎之助は、男の冗談に肩を揺らして笑った。

「一杯飲めよ。俺の奢《おご》りだ」

男の空のお猪口に顎をしゃくる。

「へへえっ。ありがてえ」

男が土下座をする真似《まね》をした。

さすが金持ちってのは違うねえ。

虎之助はお猪口を傾けながら、先ほどの男の言葉を胸の中でもう一度味わう。

そうさ。俺はお前らのような怠け者とは違うんだ。俺はまだまだ蔵屋の商売を大きくして、まだまだ金を稼いでやる。決して誰にも負けやしない。

虎之助は口の端をにやりと上げた。

「はい、お待ちどおさま」

女が酒を運んできた。ずんぐりむっくりの大柄で、笑顔一つ見せない無愛想な女だ。

「おや？　お久じゃねえか。なんだってこんなところに？」

　隣の男がろれつの回らない口調で言った。

「ご近所同士のよしみで、人の多い日は手伝いに来ているってだけですよ」

　久と呼ばれた女は、見た目どおりに無愛想な返事をした。

「裏の水茶屋のお内儀だよ。頬っぺたが落っこちるくらい美味《うま》い茶を出すってんで、人気の店さ。お内儀がこの調子だからいまいち色気のねえ水茶屋なんだが、客がひきもきらねえって評判さ」

　男が耳打ちをした。

「へえ、あんたは商売人のお内儀かい。それだけの愛想なしでやってけるってこたあ、あんたの淹《い》れる茶はよほど美味いんだろうな」

　虎之助は久をまじまじと眺めた。

「なんだ、俺の顔に何かついているか？」

　同じ調子でまっすぐに見つめ返されて、虎之助は妙な気持ちで首を傾げた。

「お客さん、あなたに良いものを差し上げましょう」

　久が一枚の紙切れを差し出した。

「何だこりゃ？」

虎之助は首を捻《ひね》った。

紙切れには〝眠り医者　ぐっすり庵〟と書かれている。

〝明日のために　眠りませう〟

若い娘らしい、丸っこく優しい筆運びだった。脇には丸くなって眠る白黒の柄の猫の絵が描かれていて、猫の顔の横にはまるで台詞《せりふ》のように〝西ヶ原の茶畑の奥で、夕暮れから始めます〟と書いてある。

「よろしければぜひ」

久が虎之助に目配せをした。

「眠り医者だって？　悪いが、生憎《あいにく》、俺にはまったく必要ねえなあ」

横から覗き込んだ客の男が、げらげらと笑った。

「……俺にも必要ねえさ」

虎之助は軽く流して、紙切れを羽織の袖にくしゃりと丸めて放り込んだ。

3

それから数日は、千住宿でのことも渡された紙切れのこともすっかり忘れて過ごした。

虎之助は寝静まった屋敷の戸口をそっと開けた。

屋敷には灯《あか》りはどこにもない。女中や小僧も寝静まっていた。

なるべく足音を立てないように、摺《す》り足で廊下を進む。

一番奥の広い部屋が虎之助の寝室だ。

「ふう、やれやれ。今日も酔っぱらったな。眠たくてたまらねえや」

ひとり言を呟いて障子を開けると、真っ暗な部屋の中に折り目正しくまっすぐに布団が一組敷かれていた。

このご時世、庶民が寝るときは横になって掻巻を被るだけだ。それがこの屋敷では、まるで吉原の花魁のようにふっくらした分厚い布団を敷く。

婿入りして初めてこの布団を目にしたときは、腰を抜かすような心地がした。

だが今ではすっかり慣れてしまい、このふっくらした布団が当たり前だ。湿気の強い時季を終えると、毎年布団屋に綿替えに出している。

「遅いお帰りでございますね」

ふいに背後から声を掛けられて、虎之助は羽織の紐《ひも》を解きかけていた手を止めた。

「なんだ、お菊か。こんな遅くにどうした？　まさか俺の帰りを待っていた、ってわけでもねえだろうに」

虎之助は酒臭い息を吐いた。

菊が二人目の子の産後の肥立ちに難儀してからは、虎之助と菊の寝室は別々になっていた。長い廊下のそれぞれ端と端だ。

お互い身の回りの世話は女中にやらせているので、広い屋敷の中では顔を合わせる機会もほとんどない夫婦だ。

「毎日お仕事、ご苦労さまでございます。ですが、少しお酒は控えられてはいかがでしょうか？　お父さまも心配しております」

菊が目を伏せた。

「まさかまた、〝旦那さん〟に言いつけたのか？」

虎之助は思わず丁稚奉公時代の、先代の呼び名を口に出した。眉を顰めた。息が浅くなった。

菊という女は、昔からこうだ。

寂しいからたまには早く帰ってきてちょうだいな、としなを作って甘えてくれるならば、虎之助だってやぶさかではない。

だが菊は虎之助の行動に文句をつけるとき、決まって〝お父さま〟を引き合いに出す。

「お父さまは、決してあなたを悪く仰《おっしゃ》ることはありませんわ。わたくしたちは皆、あなたがいつも蔵屋のために精一杯働いてくださることを、心よりありがたく思っておりますとも」

菊が心外だ、という顔をした。

「ただ、お父さまは、あなたの身体を心配しておりますのよ。〝小倉屋〟の一件から、あなたは少し働きすぎているのでは、って。最近、顔色が優れない、痩せてもきた、夜通し部屋の行燈の灯が消えない、まさか夜通し寝ていないんじゃないか……と」

「お義父《とう》さんの気にしすぎだ、って伝えておくれ。俺は至って壮健で、気力も漲っているさ。それに〝小倉屋〟のことなんて、凄も引っ掛けちゃいねえさ」

虎之助は己の頬をごしごしと撫でた。誰かに見た目を心配されていると聞くのは、妙に胸がざわつく。

虎之助は忌々《いまいま》しい心持ちで菊から目を逸《そ》らした。

「あなた、少しお身体を休めてくださいませ。お父さまも、そのように……」

「わかった、わかったぞ。今から寝ることにしよう。だから出て行ってくれ」

虎之助は顔の横を手で払って、菊の言葉を遮った。

「どうして寝入りばなに、先代の禿《は》げ頭を思い出さなきゃいけねえんだ。勘弁してくれ」

廊下を行く菊の足音を聞きながら、虎之助は布団に潜り込んで、ひとり毒口を吐いた。

枕に頭を載せて天井を見上げる。

せっかく良い感じで酔いが回っていたところが台無しだ。

「あの虎之助って小僧は、もしかすると仕込み甲斐《がい》があるかもしれないぞ。目を掛けてやってくれ」

遠い昔に盗み聞きした先代のひそひそ話の声が、ふいに胸の内に蘇った。

「虎之助ですか？　ああ、あの身寄りのない瘦せっぽちの子ですね。にこっと笑う顔が可愛らしくて覚えていますわ」

まだ若い先代の妻の声だ。

「いい笑顔だろう。いくら叱《しか》られたってあの顔ができる奴、ってのは、商売に向いているぞ。きっと幼い頃によほど苦労したんだろうなあ」

胸の奥でからり、と音がした気がした。

車輪が回る。

もっと金を稼がなくちゃいけねえ。

虎之助は心の中で呟いた。

ちょっとやそっとの金じゃ足りねえ。菊が目ん玉を引ん剝《む》いて、先代が腰を抜かすぐらいの金だ。

〝小倉屋〟の名がもやもやと胸に蘇りそうになるところを、無理に抑え込む。

女中や小僧の働き方を見直したり、店先の壁を鮮やかな色で塗り直したり……、少しでも金を稼ぐための細かい考えが次から次へと湧き上がる。

引き札を撒《ま》くのもいいかもしれないな。

ふいに千住宿で渡された、〝眠り医者〟と書かれた紙切れを思い出す。

そうだ、これから祝言を挙げるような若い娘のいる家に、貸し衣装の引き札を撒くのだ。〝この引き札を持って蔵屋にいらした方には、代金を一割引き〟そんなおまけをつけてもいいかもしれない。

虎之助は暗闇の天井をまっすぐに見上げた。

こうしちゃいられねえ、と思う。

眠気はさっぱり消え去っていた。

布団を撥《は》ね除《の》けて身体を起こすと、うっと声を上げたくなるほど節々が重く感じられた。

衣紋掛《えもんか》けに掛けていた羽織の袖を探る。

「あったぞ。これだな」

皺くちゃになった紙切れだ。

まずは大きな字で〝眠り医者〟と書いてある。

続いて〝ぐっすり庵〟。女子供が好きそうな耳に柔らかい名に、隅に書かれた眠り猫が目を惹《ひ》く。

なんだこりゃ。いったい何をしでかすかわかったもんじゃねえや。

虎之助はふっと鼻で笑った。

蔵屋でやるならば、〝貸し衣装〟〝蔵屋〟となるだろうか。

いや、そんな厳《いか》めしい名では駄目だ。

客になるのは若い娘、そしてその母親だ。女たちが目を留めてくれるように、質屋の蔵屋とは別に、貸し出し専門の店の名を考えたほうが良いのかもしれない。

明日になったら女中たちを呼び寄せて、今若者に流行《はや》りの店について話を聞いてみよう。

「いいぞ、これだ。眠っている暇なんてありゃしねえさ」

虎之助は行燈に灯を入れた。

胸の中で車輪がからからと回り出す。

帳面を取り出して、早速、筆を忙しなく動かして引き札の見本を作り出す。

己の頭の中にある考えを、一刻も早く形にしたかった。商売の世界は、客の金の取り合いだ。誰かに先を越されてしまえばおしまいだ。

「いや、これじゃねえな。さっきのほうがもっと……」

虎之助は口の中でぶつぶつ呟きながら、明け方まで帳面に向かい続けた。

4

人の声が聞こえた気がした。

空耳かしら。

破れた布袋の修繕の真っ最中だ。藍は針を動かしていた手を止めた。

松次郎をこっそり匿《かくま》っている手前、家に引きこもっていてばかりでは都合が悪い。

余計なことをしなくていいから、ただ部屋でのんびり過ごしてくれればいいから、と言い募る伯父夫婦に「少しは役に立たせてくださいな。だってここは私の家ですよ」と少々強く言い張って、ようやく始めた針仕事だった。

外は空が橙色に染まった夕暮れ時だ。屋根ではカラスが喧嘩でもしているように、大声で鳴き合う。

「どなたか、いらっしゃいますか？　いったいここはどこでしょう？」

今にも泣き出しそうな女の声だ。

「はいはい、おりますよ。どうされましたか？」

藍は慌てて外に出た。

「西ヶ原のお茶畑というのは、こちらのことでしょうか？」

女が恥ずかしそうに顔を伏せた。

年の頃は四十近く、整って上品な顔立ちの女だった。華やかな花筏紋《はないかだもん》の小袖を着て、帯留めの珊瑚《さんご》細工は牡丹《ぼたん》をあしらった見事な造りのものだ。控えめな所作のせいか、娘のような衣装が、けばけばしくなりすぎずに似合っている。

「小さい頃から出かけるときはいつも女中と一緒でしたから……。ひとりで出かけると、決まって道に迷ってしまうんです」

女が首を傾げるようにして控え目に笑った。

可愛らしい人だな、と思う。

齢よりも少々幼い苦労知らずの雰囲気、きっと大店のお嬢さまだ。

「このあたりに〝ぐっすり庵〟という養生所があると伺ったのです。お嬢さん、何かご存じないでしょうか？」

女が懐から〝眠り医者　ぐっすり庵〟と書かれた、皺くちゃの紙切れを取り出した。

「〝ぐっすり庵〟ですって？　それはうちのことです！」

藍は思わず大きな声を上げてから、慌てて声を潜めて「ようこそいらっしゃいました、早速ご案内しますよ」と続けた。

あばら家の壁に〝ぐっすり庵〟と看板を出して、しばらくは、本当に患者が来るのだろうかと半信半疑で待っていた。だが、来る日も来る日も患者はまったくやってこない。

松次郎は平気な様子で、幼子のように野の花を摘んだり、葉っぱでねうのおもちゃを作ってぶらぶらしていたりと、気の抜けることこの上ない。

こんな調子で大丈夫なのだろうかと案じていた矢先のことだ。

「ようやく辿り着けてほっとしましたわ。わたくしは、本所吉田町にございます質屋蔵屋の、菊と申します。今日はわたくしではなく、主人の虎之助のことでこっそりご相談に参りました」

菊は胸元に手を当てて長い息をついた。

5

「こちらが、〝ぐっすり庵〟ですか、なんだかずいぶんと……」

あばら家を見上げた菊が、不安そうな顔をした。

「ちょ、ちょっとこちらでお待ちくださいね。今すぐに先生を呼んで参りますからね」

藍は慌てて菊を部屋に通すと、廊下へ飛び出した。

どん突きの部屋の戸を勢いよく開ける。

「兄さん、患者さんよっ！　すぐに起きてちょうだいな」

「患者だって？　何かの間違いだろう？」

　掻巻を被った松次郎が目を擦った。昼夜逆転で、ようやく眠りから目覚める刻限だ。ふわっと大あくびをして、まさに寝起きといった様子だ。

「ほんものの患者さんよ。っていっても、患者さんご本人じゃなくて、お内儀さんがいらしているわ」

「お内儀が来てるって？　どうして本人が来ないんだろうなあ。医者が怖くて駄々を捏ねる子供でもないだろうに。もしかして具合が悪くて寝付いているのか……いやいや、寝付けるってんだったら〝眠り医者〟なんてもんは必要ないな」

　松次郎の目に光が戻ってくる。

「さあ、まだ聞いていないわ。でも、〝こっそりご相談に参りました〟って言っていたけれど……」

　藍の答えに、松次郎は身体を起こした。

「面白そうだな。話を聞いてみよう」

　低い声で言って、着物の帯を手早く締め直す。

「兄さん、それって今まで着ていた寝間着のままでしょう？　お医者さんなんだから、もっと患者さんに尊敬されるような、威厳のある格好をしなくちゃいけませんよ。枕もとにお着替えを……」

藍は畳んだ藍色の小袖を勢いよく差し出した。

松次郎はちらりと一瞥《いちべつ》して首を横に振る。

「医者には昼も夜もない。そうだ、お藍にいいことを教えてやろう。若い娘が一番気を付けなくちゃいけないのは、洒落《しゃれ》込んだ医者と寡黙な噺家《はなしか》だ。もしもこんな胡散臭い奴らがお藍の前に現れた日には、一目散に逃げるって兄さんと約束しておくれよ」

「ちょっと、兄さんてば」

松次郎は藍を置き去りにして、素早い足取りで廊下を進んだ。

5

すっかり暗くなった部屋に、行燈の灯が揺れていた。

「主人の虎之助は奉公人の頃から、いくら遅くまで夜なべをしても、決して寝坊なぞすることのない真面目《まじめ》な人でした。祝言の当初も、私が眠っている横でいつまでも行燈の灯で帳面の数字を見直していたりと、ずいぶん仕事熱心な人でした。わたくしの父も、主人のそんなところを大いに認めていたのですが……」

菊が悲痛な顔で眼を伏せた。

「〝小倉屋〟が現れてから、最近の主人の様子は度を越しています。毎晩遅くまで酒を飲んだかと思ったら、帰ってきて明け方まで仕事をして。ほんの少しうとうとと微睡んだら、もう朝の仕事に出て行きます」

「身体の調子に変わったところは？　言動に妙なところがあったりということはあるか？」

松次郎が静かな声で訊いた。頭の中を研ぎ澄ますように目を細める。これまで藍の前では決して見せなかった顔だ。

「顔色が悪く土気色です。それに痩せてきました。夜に外で酒を飲むばかりで、家で食事をすることもほとんどないので当たり前です。女中や奉公人には前にも増して厳しい様子です。わたくしは、思い余って父のかかりつけのお医者さまにご相談もいたしました」

「その医者はどう言っている？」

松次郎が両腕を前で組んだ。

「本人が壮健と言うなら、できることは何もない。よく眠ってよく喰《く》えば良いだけだと。ですが、主人は、それをしないから困っているのです。きっと、よく効くお薬が必要なのです」

菊は納得がいかない顔をして、口元をへの字に曲げた。

先代のかかりつけ医の言葉は、久が藍に掛けてくれた言葉とそっくり同じだ。

「虎之助本人は、まったく何も異変を感じていないのか？」

「ええ、主人は至って元気に、誰よりも猛烈に仕事に奮闘しております。ですが、わたくしにはわかるんです。このままでは近いうちに、主人の身体は駄目になってしまうと……」

菊が膝の上で両手を強く握った。

「お内儀から忠言はしたのか？」

「ええ、人の言葉を使って遠回しに、ですが。わたくしの言葉は、きっと主人には届きませんもの」

菊は悲しげに首を横に振って、そのまま黙り込んだ。

藍は菊の横顔をちらりと見た。

菊は下唇を嚙み締めて、ただ一点を見つめている。

「かかりつけの医者は、他には何も言っていなかったか？」

松次郎がもう一度訊いた。

「そういえば、お酒をやめるように、とは言っていました。ですが身体のために、良く喰い良く寝てお酒を控える、なんて、誰にだってわかることですわ。それに、主人はお酒を飲まなくては一睡だってできない人なんです。お酒を取り上げたら、それこそ眠る間もなく働き続ける羽目になってしまうのは、目に見えていますとも。わたくしは、どうもそのお医者さまが信用できなくて……」

菊が、わかってもらえるでしょう、と言うように松次郎の顔を覗き込んだ。

「お菊、悪いが私の見立ても、その医者とそっくり同じだ」

松次郎が平静な声で答えた。

「えっ？」

菊は明らかに失望した顔をした。

「その医者の言うことは正しい。亭主がお前の話を聞き入れないなら、元の医者のところで、酒をやめろ、と一筆書いてもらえ。先代のかかりつけの医者の命令ならば、さすがに無視するわけにもいかないだろう」

「でも、わたくしはどうにも納得が行かないのです。お酒の他に何かあるんじゃないかって。〝眠り医者〟を掲げた先生ならば、もっと正しいことを教えていただけるに違いないと思って……」

菊が部屋のあちこちに眼を巡らせた。

「期待には沿えそうもない。済まないな」

松次郎はすっと立ち上がった。

「に、兄さ——いえ、先生、そんなのって……」

藍は思わず声を掛けた。

診察を始めたそのときには、さすが私の兄さんだ、町いちばんの秀才の兄さんだ、と頼もしく思った。

町医者の何ともふわふわと心もとない、いい加減な見立てをばさりと切り捨てて、長崎仕込みの目覚ましい医術を披露してくれるとばかり思った。

それが、前の医者の言うことはそっくり正しい、と繰り返すだけなんて。

松次郎は振り返りもせず、廊下の奥へ消えていく。

「ごめんなさい、今日は礼金は結構ですからね」

藍は頭が真っ白になったまま、菊に声を掛けた。

これでは〝ぐっすり庵〟は大失敗だ。

「あのお医者さまの言うことは正しい、ですって？　酒をやめろ、と一筆書いてもらえだなんて……」

　菊が呆然とした様子で呟いた。

「せっかくここまで訪ねてくださったのに、ご期待に沿えず申し訳ありません」

　藍は深々と頭を下げた。

　菊は心ここにあらずという様子で、こめかみに手を当てている。

　もう、兄さん、いったい何を考えているのよ。

　藍は頭を抱えたい心持ちで、大きなため息をついた。

6

　提灯《ちょうちん》を下げて菊を明るい道まで見送ってから、藍は顔つきを引き締めて廊下の奥へ向かった。

「兄さん、ちょっとお話があります。そこにお座りなさいな」

　戸口を開けると、障子越しの淡い月明かりの中、松次郎がねうを膝に載せて背中の毛を丹念に櫛《くし》で梳《す》いていた。

「何の用だ？　面倒な話なら聞きたくないぞ。ねうも兄妹喧嘩をしてはいけないと言っている」

松次郎がねうの両耳をぺこんと押さえた。と、ねうが迷惑そうにぶるっと首を振る。

「いててて。ねう、すまん。悪かった」

ねうは素早く松次郎の人差し指をがりっと噛むと、素知らぬ顔でまた元の姿勢に戻って目を閉じた。

「まさにとっても面倒なお話です。お菊さん、とっても意気消沈していらっしゃいました。せっかく〝ぐっすり庵〟を頼りにして来てくださった最初の患者さんなのに」

藍はむっとした心持ちを隠さない声で言った。

「なんだ、前の医者と同じ見立てをしたことについて怒っているのか？」

松次郎が藍に向き直った。

「そうですとも。お菊さんは、そんな簡単な見立てではどうしても納得いかない、って仰っているんだから、ここでは、そんな心を少しでも和らげて差し上げなくては。きっとお菊さんは二度とここにはいらしてくださいませんよ」

藍は口元を厳しく結んだ。

「患者と一緒になって前の医者の悪口を言えば、誰だってそりゃ喜ぶに違いないさ。『その医者のやり方は間違っている』なんて言ったら、それだけで胸がすっとしてこっちのことをすごい名医だと勘違いする。けれどそんなもんは医者の仕事ではないぞ。お菊の父親のかかりつけ医者の言うことは何も間違っていない。本当に俺の出る幕はないんだ」

「良く喰い、良く寝て、お酒を控えなさい、ってお話ですか？　そんなこと、私だって言えますよ」

「酒を控えろ、ではない。酒をやめろ、だ。虎之助が酒をやめることができれば、きっと眠れるようになる」

松次郎がそこだけきっぱりと言い直した。

「だって、虎之助さんは、寝酒をしなくては眠れないって話ですよ。酔いが回って頭が休まる間がなくては、眠ることだって難しいに違いありません」

酒を飲めば頭がぼうっとして、身体が緩んで眠くなる、というのは藍でもわかる。

「いいか、お藍。ちょっとねうを見てみろ。可愛い可愛い眠り猫のねうは、今、どんな息をしている？」

松次郎が膝の上に眼を落とした。ねうは藍と松次郎の話をよそに、丸くなって寝入っている。

「ねうの息ですか？　深くてゆっくりで、ぐうぐう、って呑気な音が聞こえてくるような、安らかな息をしています」

藍はほんの少しだけ頬を緩めて、ねうの頭をちょいと撫でた。ねうが尾っぽだけぱたんと動かす。

「お藍はこれまで酒を飲んだことはあるか？」

「ご近所の祝言やお葬式の場で、ほんの少しだけならあります。すぐに顔が赤くなってしまって、心ノ臓の拍動が速くなって、私の身体にはちっとも合いませんでしたが」

藍は指先をちょっと窄《すぼ》めた。

「そうだ、酒は脈を速くするんだ。頭を熱くして、息を浅くする。ちょうど全速力で走っているのと同じ調子だ。酔っぱらいは酒の作用で頭が惚《ぼ》けて、ただその異変に気付いていないだけなんだ」

松次郎がまたねうの身体に掌を載せた。

「いくら眠りの天才のねうでも、目いっぱい走り回った直後にことんと眠るなんてことは、できやしないだろう。眠るためには、何よりも息がゆっくりと深く穏やかでなくちゃいけない」

「じゃあ、お酒を飲むと眠れる、っていう人がいるのはただの勘違いってことですか?」

藍は首を傾げた。

「そうだ。酔っぱらいが寝込んでいるのは、酒という薬を己の身体の限界よりも飲みすぎて、前後不覚になってぶっ倒れているだけだ。酒のお陰で気が楽になって眠くなっているわけではない」

「……そうでしたか」

藍は鼻白んだ心持ちで答えた。と、すぐに、いやいや違う、と首を振った。

「そんな理由があるならば、お菊さんにそう説明して差し上げなくてはわかりませんよ。お菊さんはきっと、かかりつけのお医者さんには煙に巻かれて、兄さんには追い返されたような不安な気持ちになっているに違いありません」

心ここにあらずという顔で暗い夜道を戻る、菊の姿を思い出す。

「ならばお藍が手伝ってくれればよいだろう。医者には助手が必要だ。器量が良くて愛想の良いねうさえいてくれれば百人力かと思っていたが、困ったことに猫というものは一日のうち九割は眠っている。患者の前でもそんな調子の働きぶりでは、大事な仕事はねぇうには任せられない」

松次郎が拍子抜けするくらいあっさりと答えた。

「私が、ですか？」

「そうだ、お藍ならばぴったりだ」

松次郎がぱちぱち、と手を叩いてみせた。

「……わかりました。では、〝ぐっすり庵〟では、私が出しゃばらせていただきますよ」

藍は背筋をしゃんと伸ばした。

「楽しみだ。お藍ならばできる。きっとできる」

松次郎は小指で耳をほじりながら言った。

「わかりました、お任せください。では、私は家に戻ります。明日のために、早く寝なくちゃいけませんからね」

藍は力強く言い切った。

7

虎之助は居心《いごころ》の悪い心持ちで羽織を脱いだ。外はまだまだ明るい。

こんな早くに家に戻るなんて、どれくらいぶりのことだろう。

いつもならば、これから行燈を灯して店で一仕事をしてから、帰り道に馴染《なじ》みの呑み屋に顔を出す流れだ。

長年の習慣の半分を奪われてしまったようで、どうにも落ち着かない。

「あなた、夕飯のお膳が揃いました。女中が、あなたの好物をいくつか拵《こしら》えてくれたようですよ」

音もなく襖《ふすま》が開いて、菊が現れた。

「俺の好物っていうからにゃ、熱燗の一杯も出るってのか？　そりゃ楽しみだ」

虎之助は少々角のある声で応じた。

「あなた、お医者さまがお酒はいけないとおっしゃっていたでしょう？　あのお医者さまは、お父さまが昔から懇意にされていた……」

「ああ、わかっているさ」

虎之助は大きく首を横に振った。

苛立ちがぐっと込み上げる。何か一言くらい嫌味を言ってやらなくては収まらない、苛立った心持ちだ。

「何てったって、俺は所詮《しょせん》、貧乏長屋育ちの入り婿だからな。先代には、決して逆らえやしねえ。先代が酒を飲むな、って言うんなら、従わせていただくまでさ」

口にしてすぐに後悔した。

泣き出しそうに眉を下げた菊の顔が、目の端に映る。

虎之助は奥歯を噛み締めた。

まったく、いったいなんでこんなことになっちまったんだ。

商売女の店で、身の丈以上の散財をしていたわけでもない。

何よりも、元から虎之助はそれほど酒に強い身体ではない。身体を壊すほど飲むこともなく、ただ仕事の後に雑然とした飲み屋で酔っぱらって、ぼうっとしているときが好きなのだ。

まるで遊び場を取り上げられた子供のように、そんな言い訳を並べ立てたくなった。

だが先代のかかりつけの医者が、直々に下した命令には逆らえない。

「そんな言い方をなさらないでくださいな。お父さまは、あなたの身体を思っていらっしゃるのよ」

菊が悲しそうに顔を伏せた。

「俺の身体だって？　俺は壮健もいいところさ」

虎之助は己の胸板を叩いた。

「お顔の色が優れませんわ。お父さまだって、そうおっしゃって……」

「うるせえっ！　黙れ！」

虎之助の腹に、急に煮え立つような怒りが湧いた。

「お父さま、お父さま、って、いったい手前《てめえ》の齢をいくつだと思っていやがる！　俺は、お前のそんな娘気分が、昔からどうにも気に喰わねえんだ！」

八つ当たりだ、とわかっていても止まらなかった。

「えっ？　何のお話ですの？」

いきなり怒鳴りつけられるとは毛頭思っていなかったのだろう。

菊はきょとんとした顔をしている。

「お菊、お前は俺と話すとき、いつだって〝お父さまが〟〝お父さまが〟って言いやがる。そう言や、俺が従うしかない、ってのをわかっている様子でな」

「いえ、でも、ほんとうに……」

菊の顔が赤らんだ。

しばらく口元を震わせてから、ふいに下唇を噛んで、きっと前を向く。

「ですけれど、お父さまの名を出さなければ、あなたはちっとも、わたくしの話なんて聞いてくださらないじゃありませんか。あなたはわたくしのことを馬鹿だと思っていらっしゃるんです」

言い返した菊の声は案外強い。

虎之助はぐっとたじろぎそうになるところを抑えて、「手前勝手なことを言うんじゃねえさ」と嘯《うそぶ》いた。

「ならばあなたは、わたくしの言葉を聞いてくださるんですか？　わたくしが思ったことをわたくしが思ったままにお伝えして、わかった、なるほど、と答えてくださるんですか？」

菊が身を乗り出した。

「ああ、もちろんさ。夫婦の仲に、急に親父《おやじ》が顔を出すよりゃ、何倍もましさ」

虎之助は口元を尖らせた。

菊の言い分は耳に痛いところがあった。

蔵屋での丁稚奉公の頃から、ひとり娘として、蝶《ちょう》よ花よと可愛がられる菊を横目に見ていた。浴びるほど金を注がれて、周囲の皆に愛されて育ったお嬢さま。そんな女は、きっと馬鹿で浅はかで怠け者に育ったに違いないと、胸のどこかで思い込もうとしていたのだと気付く。

「今のお言葉、聞きましたよ。では、わたくしの考えを申し上げます。あなたは、もっとたくさん眠らなくちゃいけません」

「へえっ？　眠るだって？」

思いがけない言葉に、虎之助は首を捻った。

「わたくしはここのところずっと、いったいこの人はいつ眠っているんだろうと気になっておりました。そして夜通し見張りをしてみて気付きました。ほとんど眠っていないんだ、って」

「夜通し見張りだって？」

虎之助は思わず訊き返した。

「ええ、そうです。わたくしは、あなたのことが心配でたまらなかったのですよ」

菊は己の目の下の隈《くま》を指さした。

虎之助ははっと息を呑んだ。

「お、俺は眠らなくても平気なんだ。夜中になると、新しい商売の考えが後から後から頭に湧いてくるんだよ」

虎之助は口ごもりながら、己のこめかみを指さした。

「あなた、ご自分のお顔をご覧になってみましたか？」

菊が厳しい声で言った。

「顔だって？　女子供じゃあるめえし、毎朝、手鏡をじっくり覗いて身支度するってわけにゃいかねえが……」

「では、どうぞご覧ください」

菊が懐から漆塗りの手鏡を取り出した。

虎之助は怪訝な面持ちで鏡を覗き込んだ。日頃から身だしなみには気を付けていたつもりだったが、じっくり鏡を覗き込むのなんて久しぶりだった。

息がぴたりと止まった。

瞼の周囲は茶色く落ち窪《くぼ》んで、皺だらけだ。そのせいで目玉が蛙《かえる》のように丸く見える。肌は年寄りのように乾いて粉を吹いていて、頬には深い縦皺が刻まれている。

何より気味悪かったのは、血走った目だ。

白目が真っ赤になって、獲物を探す獣のようにぎらぎらと輝いている。

「ずいぶん老け込んじまったもんだな。もうちょっとは男前のつもりだったが……」

虎之助はどうにか苦笑いを取り繕った。

「わたくしは、ずっと憂慮しておりました」

菊が静かな声で頷いた。

「もしもあなたがこのまま身体を壊してしまったらどうしよう、亡くなってしまったらどうしよう、って。それればかりを思っておりました」

「俺が倒れたら、蔵屋の商売も危なくなる、ってことだからな。きっと、あっという間にこの屋敷まで小倉屋に乗っ取られちまうさ」

虎之助はわざと嫌味を言った。

「そのときはそのときです。商売というのは必ず浮き沈みがあるものです。ですが、あなたが死んでしまったら、二度と生き返らせることはできません」

「そのときはそのとき、なんて、そんな適当な話があるか」

虎之助は笑い飛ばしかけてから、ふと、真面目な顔をした。

菊の目が涙で濡れているのに気付く。

「……お菊、お前と口喧嘩をするなんて、どのくらいぶりだろうな」

「わたくしたちは、口喧嘩なんて、これまで一度もしたことはございませんわ」

菊が目頭に浮かんだ涙を人差し指で拭った。

「そうか、それじゃあ案外仲の良い夫婦だったってことなのかね」

虎之助はふうっとため息をついた。

菊は口元をへの字に曲げて泣きべそ顔だ。

なんて顔をしているんだ、と思う。

蔵屋の奥方さまともあろう女が、子供のように顔を歪《ゆが》めてうんうん泣いているなんて。

「お菊、悪かったさ。お前の言うことを聞こうじゃないか」

虎之助は菊の背に掌を当てた。

8

「ごめんください」

あばら家の障子を張り替えていた藍は、男女の揃った声にはっと振り返った。

「まあ、お菊さん！　それに……」

菊の脇には初めて見る男が立っていた。

「主人の虎之助でございます。あなた、こちらが〝ぐっすり庵〟のお藍さんですよ」

「よろしく頼むよ」

菊に促されて、傍らの男が頭を下げた。

顔色は土気色で、目の周りは鳥の瞼のように皺だらけだ。それなのに眼光だけは、ちょっとした物音にも苛立ちを感じているのではと思えるほど鋭い。

虎之助がずいぶん長い間、まともに眠れていないのは明らかだった。

「どうぞ奥へ。先生がお待ちですよ。でもお菊さん、まさかもう一度いらしていただけるなんて思いませんでした。松次郎先生が、お菊さんにあんなに素っ気ない態度を取ってしまったのに……」

前の医者の言うとおりだ。私にできることは何もない、なんて。

どれほど考えたって、わざわざ訪ねてきてくれた患者さんに言う言葉ではないわ、と、また松次郎にむっとする。

「わたくし、主人にすべてを打ち明けましたの」

菊と虎之助が親しげな目を交わした。

「そうしたら主人は、ぐっすり庵の先生は、素晴らしい名医だと申しました。松次郎先生ならば、主人がぐっすり眠れるようにしてくださるに違いないと」

「へっ？」

藍は素っ頓狂な声で訊き返した。

「医者ってのは、人の身体を作り直す職人みてえなもんだろ。俺みたいに、客に気持ち良く金を使わせるために奮闘している商売人とは、まるっきり違う。同業の誰かの見立てを正しいと言い切って、己は金を貰《もら》わない、って心意気はまさに職人のものさ。それもとびきり腕が良くて、一本筋の通った職人だよ」

虎之助が己の言葉にうんうんと頷いた。

「えっ、そ、そうです。うちの先生はとびきり腕が良いんですよ」

藍は何とか取り繕った。

松次郎の素っ気ない態度が、かえって功を奏したということか。

部屋の襖を開けると、薄暗い部屋の中で松次郎が猫じゃらしを手に取ってぶらぶらさせていた。傍らでは遊びに飽きたねうが尾をぱたんと振って、「があぁ」と大あくびだ。

「先生、お菊さんとご主人の蔵屋虎之助さんがいらっしゃいました」

「そうか、お待ち申し上げていたぞ」

松次郎が藍に向かってにやっと笑った。

ねこじゃらしを机の上に置くと、腕まくりをして夫婦の前に座る。

「蔵屋、話はお菊から聞いている。あれから身体の調子はどうだ？　ところで酒は何が好きだ？　私は生憎、酒は吞まない。平戸《ひらど》の芋焼酎を除いては、一滴たりとも吞まないと決めている」

菊と話していたときの医者らしい威厳のある様子とはまったく違う、いつもの松次郎どおりの軽く饒舌《じょうぜつ》な語り口だ。

松次郎のつまらない軽口に、虎之助がふっと笑った。

「平戸の芋焼酎だって？　先生、相当いける口だね。俺のほうは、先代のかかりつけのお医者から酒を吞むなって言われたその日から一滴も吞んじゃいねえってのに。まったく意地の悪い先生だ」

「ほんとうに一滴も、ですか？　これまで毎晩吞んでいたのに……」

藍は思わず訊き返した。

「この人は、こうと決めたら決して曲げません。昔からそういう人なんです。そんなところをお父……、いえ、わたくしもずっと尊敬しておりました」

菊が己の口元に指先をちょいと当てた。

菊と虎之助の頬が僅かに赤くなる。

「なんだつまらんな。こっそり酒を呑んでいたら、こちらが酒の話を持ち掛ければぽろっと零《こぼ》すもん、って決まりなんだが。ということは、夜は仕事を終えると、すぐに家に戻るんだな？」

「蔵屋は夕暮れには暖簾《のれん》を下ろすって決めているんで、片付けを終えたら半刻《はんとき》ほどで家に戻ります」

虎之助が頷いた。

「夜は何をしている？」

「帳面を照らし合わせたり、といった仕事を片付けちゃあいますが、夜はどうにもくたびれて目が霞《かす》んでしまいます。結局は女房や子供の相手をしたりしながら、何もできずに無為に過ごすことになっちまいますね」

藍は菊の横顔に眼を向けた。

菊の顔つきは先日ひとりでぐっすり庵にやってきたときよりも、ずっと柔らかく見えた。

虎之助の言うところの〝無為に過ごす〟ときは、菊と子供たちにとっては心休まる穏やかな間なのかもしれない、と思う。

「眠りはどうだ？　ここは養生所だ。見栄っ張りは命取りだぞ。あるがままを答えろ」

「それが……」

虎之助と菊が顔を見合わせた。

「先生の言うとおりに酒をやめても、どうにも眠れねえんです」

虎之助が首を捻った。

「ほんのあと少し、あと少しなんです。身体が疲れた、怠《だる》いと言うようになって、あくびをするようになって、己から布団に入りたい、なんて言い出すようにはなったんです。ですが布団に入った途端……」

菊が悲痛な顔をした。

「そのまま空が明るくなる頃まで、頭が冴えちまいます」

虎之助が首を横に振った。

「先生、主人がぐっすり眠れるようになるまで、あと一歩なんです。あと一歩、何をしたらいいかどうか教えてくださいませ」

菊が頭を下げた。

虎之助が菊の必死な姿に驚いたような顔をして、すぐに己も一緒に頭を下げる。

松次郎はしばらく両腕を前で組んで、考え込んでいた。

「もしかすると、私の助手たちの出番なのかもしれないな。そうだ、そうだ、きっとそうだ」

「えっ？」

菊と虎之助と藍、その場にいた皆が声を揃えて訊き返した。

「眠りというのは身体の外からのものだけではなく、内側の気鬱《きうつ》も関係している。いくら壮健な日々を送っても、胸の内に何かが残っていればぐっすり眠ることは難しい。お藍、お前も覚えがあるだろう」

「え、ええ。おっかさんが亡くなってしばらくは、くたくたに疲れ切っていても、ちっとも眠れませんでした」

藍は頷いた。

「ならばここからはお藍に任せよう。ねう、眠いところ申し訳ないがお前も手伝ってやっておくれな」

松次郎は目を細めて裏声を出すと、ねうの頭を撫でた。

ねうは「るるる」と喉を鳴らす。

「それでは頼んだぞ。お藍の力で、蔵屋の気鬱の元を取り去ってやっておくれ」

松次郎は己の仕事は終わった、とばかりに机に戻った。

「ちょ、ちょっと先生……」

「お藍さん、どうぞよろしくお願いいたします」

藍が言い返す間もなく、菊と虎之助の夫婦が期待に満ちた顔を向けた。

9

「えっと、それで、我々はどうしたらいいでしょうな？」

しばらくの沈黙の後、虎之助が気まずそうな顔で訊いた。

「は、はいっ、ちょっとお待ちくださいね。ええっと、いくら〝小倉屋〟さんのことが気になっているとしても、今すぐに追っ払うってわけにはいきませんよね。すぐに変えることができるのは、虎之助さんの心の中だけです……」

どうやってこの場を切り抜けよう、と藍は胸の中に冷や汗を掻く心持ちだ。

もう、兄さん、いきなり私に何とかしろですって？　いくら何でも無茶苦茶だわ。

どうしよう、とあちこちに眼を巡らせたそのとき、傍らのねうが夫婦の前につうっと進み出た。

「まあ、この猫ちゃん、白黒のぶち柄で優しいお顔。〝眠り猫〟そのままのお姿ですね」

菊が目を細めた。

その言葉にはっと閃《ひらめ》く。

「お二人とも、もしよろしければ、この子を触ってみていただけませんか。ねうって名の、大人しくて人が大好きな、気立ての良い猫です」

可愛いねうを撫でれば、皆の心がほっと解《ほぐ》れるはずだ。虎之助の胸の内を聞き出すことも、少しは楽になるに違いない。

「わあ、嬉しい。わたくし、昔から猫が大好きなんですの。娘の頃は、猫を二匹飼って毎晩川の字になって寝ておりましたわ」

菊が頬を緩めた。

早速細い指先を伸ばし、まずはねうの顎元を、次に耳の裏を掻く。猫の扱いに慣れた様子だ。

ねうは、うんうんと気持ちよさそうに顎を突き出して目を細めた。

「今でも猫を飼っていらっしゃるんですか？」

「いいえ、残念ながら」

菊が肩を竦めた。虎之助をちらりと見る。

「俺は、猫が苦手なんだよ」

虎之助が気まずそうな顔で、ねうから眼を逸らした。

「あら、すみません」

藍が謝ると、ねうが「う？」と鳴いて虎之助に横目を向けた。

「いや、いいのさ。詳しく言うと、俺のおふくろが猫嫌いでね。家に近づいてきた猫を追っ払ってくれよ、って願いを込めて、俺に、猫よりでっかい虎之助、って名をつけたくらいさ」

「面白いお母さまでしょう？　虎之助なんて名を聞いたら、皆の頭に思い浮かぶのは、猫にそっくりなあのお顔だっていうのに」

菊がねうの両頰の膨らみをくるくる撫でて、くすっと笑った。

「頭の悪い女だったのさ」

「えっ？」

虎之助の口から急に飛び出した鋭い言葉に、藍は身を強張らせた。

「あなた、おやめになって。お藍さんが驚いていらっしゃるわ」

菊が眉根を寄せた。

「お母さまは今どちらに？」

「とっくの昔に死んだよ。まだ小さい子供の俺をほったらかして、あれだけ夜通し遊び回って暮らしていたんだから、無理もねえさ。罰が当たったんだよ」

虎之助が忌々しい、とでもいうように吐き捨てた。急に顔つきが険しくなって、とげとげしい雰囲気が漂う。

「あなた、お腹を痛めて産んでくれたお母さまのことを、そんな言い方してはいけませんわ」

菊は藍を気にしながら囁《ささや》いた。

「俺は、小さい頃から皆に愛されて育った、苦労知らずのお前とは違うんだ……」

「立ち入ったことを伺ってしまい、すみません」

藍はしまった、と思いながら慌てて割って入った。

ねうが「みぃや」と甘えた声で鳴いて、藍の膝の上に手を載せた。

「ねう、蔵屋さんの近くに寄っては駄目よ」

藍は背後の松次郎を振り返り、声を掛けた。松次郎は皆の話し声にちっとも関心を向けない顔で、本を捲《めく》っている。

「にゃっ！」

急に鋭い声で鳴いて、ねうが立ち上がった。

悠々と虎之助の真ん前にやってくると、その場でくるりと身体を回して丸くなった。と、平然と目を閉じる。

まるで虎之助は猫が苦手と聞き、ならばここならば安心して存分に眠れると気付いたかのようだ。

「まあ、すみません、すぐにあちらにやりますね。こら、ねう、起きなさい」

藍がいくら揺すっても、ねうはちっとも起きる様子がない。

丸まっている身体を引っ張ったら、餅《もち》のようにびよんと伸びる。そのままうんっと身体を伸ばして、またいかにも心地よさそうに眠りに戻る。

虎之助がふっと笑った。

「お藍さん、いいよ。その猫は、ここにいたいんだろう？　そんなに幸せそうに眠っているところを邪魔して、恨まれたら敵《かな》わねえや。金輪際眠れなくなっちまいそうだ」

菊が虎之助の調子が戻ったことにほっとしたように息を吐いた。

「ねえあなた、よく見てみると、猫ちゃんって可愛らしいでしょう？　そう思いません？」

「いや、ちっとも可愛らしくなんかねえな。髭《ひげ》が長くて、海老《えび》みてえだ」

虎之助の口調は、先ほどよりもずいぶん柔らかくなっていた。

「ねえ、少しだけ触ってごらんなさいよ。猫ってほんとうに柔らかくて温かいのよ。一度触れば、きっとあなたも猫の可愛らしさがわかるわ。さあ、一度だけ」

菊がねうの毛並みを撫でながら、虎之助を振り返った。

虎之助は渋々、という様子で手を伸ばす。

ねうの頭をごしごし、とぎこちない手つきで触る。

「背中もよ。ゆっくり、毛並みを整えるように撫でてあげるの」

「ああ、わかったよ。これでいいだろう？」

虎之助がねうの背を撫でた。と、虎之助は急に大きなあくびをした。

「変だな。どうしたんだろう」

ひとり言のように呟くが、その声は掠《かす》れている。

「お藍さん、済まないね、ちょっと横に……」

言い終わる前に、虎之助はねうの傍らに横たわって目を閉じた。

10

「主人は、幼い頃にとても苦労した人です。早くにお父さまを亡くして、お母さまと二人で暮らしていましたが、そのお母さまも主人が十になる前に亡くなったと聞きます。父も、当初は身寄りがない子供を引き受けるような心持ちで奉公に入れたと申しておりました」

菊はしんみりと呟いた。

藍と菊の前では、虎之助がねうの背に手を添えたまま、鼾をかいて深く眠っている。

「そうでしたか。そんな生い立ちから蔵屋のご主人になったなんて、とても懸命に働く真面目な方だったんですね」

「ええ。父はもちろんのこと、蔵屋の皆が主人の働きぶりに感嘆しております。働き者のこの人がいてくれれば蔵屋は安泰だって。ですがわたくしは……」

「お菊さんは、蔵屋さんのお身体を何よりも案じているんですね」

藍の言葉に、菊は頬を僅かに染めてこくんと頷いた。

「主人は、ほんとうはとても優しい人です。眠れなくなってしまったことで、気も身体もどんどん焦ってしまっているんです。きっと、蔵屋のこともわたくしたち家族のことも、すべて己ひとりで背負ってしまっているに違いありません」

菊がねうの頭をそっと撫でてから、ついでに、というさりげない様子で虎之助の背に触れた。

虎之助は目を閉じたままびくりと身体を震わせて、顎を撫でた。

ねうがぱちりと目を開けて、身体を起こした。

菊の顔をまっすぐ見据えて「おはよう」と言うように「おうっ」と鳴く。虎之助の腕から身をくねらせてすり抜けて、うんっと伸びをした。

「たいへんだ。すっかり寝込んでしまった」

虎之助が裏返った声を出した。

覚えず、という様子で周囲を見回しながら、執拗《しつよう》に手探りを始める。

しばらく手を動かしてから、ちょこんと座ったねうの毛並みに触れると、はっと我に返った顔をした。

「お藍さん、済まなかった。どうにも我慢できないほどの眠気に襲われてしまって。いったいぜんたいこれは……」

虎之助は頭を掻いた。

ほんの半刻ほど眠っていただけなのに、虎之助の顔色はずいぶんと血が通って見えた。

「きっと、ねうのお陰です。ねうは、眠りの達人なんです。そしてきっと、人を眠らせる達人でもあるんです」

藍はねうの顎を指先で撫でた。

「たしかになんだか身体が軽くなった。目元もすっきりした。これが猫のお陰だと聞くと、妙な気もするが……」

虎之助がねうに向かって、「お前のお陰か？　礼を言わなくちゃいけないな」と呟いた。

「蔵屋さん、いつも起きるときはあのような仕草をされていますか？」

藍の胸に、虎之助が虚空に向かって執拗に手探りをする光景が蘇った。

「へっ？　あのような、ってのは、どんな話だい？　ちっとも覚えちゃいないが……」

虎之助はきょとんとした顔をした。自覚はまったくないようだ。

「先ほど蔵屋さんは、枕もとで何かを探しているように見えたんです」

「枕もとだって？　私は、枕もとには何も置いちゃいないよ。眼鏡なんてなくても目はよく見えるし、命より大事な帳面は部屋の隅の文机《ふづくえ》の上だ」

虎之助が困惑した顔で菊を見た。

「わたくしはもうずいぶん長く、子供たちと別の部屋で眠っていますので、主人が朝起きるときのことはわかりませんわ」

菊も首を捻る。

「あの仕草には、きっと何かの意味があると思うんです」

藍は両腕を前で組んだ。

「……着替えだ」

部屋の隅で、松次郎がぽつんと呟いた。

「えっ？　先生、今、何て……？」

藍は松次郎を振り返った。

「枕もとに置いてあるもの。それは次の日の着替えだ。蔵屋は枕もとの着替えを探している。きっとそうだ。そうに違いない」

「明日のお着替えですって？　そんな、子供たちのようなこと……」

「先生、勘弁してくれよ、いったい俺がいくつだと思っているんだい？」

菊と虎之助は顔を見合わせた。

11

虎之助は行燈の灯の下、黄表紙を捲った。

お江戸を訪れた田舎者が、見るもの聞くものすべてが珍しい、と仰天する滑稽話《こっけいばなし》だ。人気の軽い読み物のはずなのに、話の流れは頭にちっとも入ってこない。

「こりゃ、立派だ。田舎のおっかさんに見せてやりたかったなあ」

主人公のぼやきに、虎之助は小さくため息をついた。

幼い頃からお江戸の隅で人ごみに塗《まみ》れ、貧しく育った虎之助にとっては、帰る田舎がある者は羨《うらや》ましかった。

商売に失敗しても、夫婦仲が壊れても、強面《こわもて》の奴らに追われるような羽目になっても、田舎に帰りを待ち望んでいるおっかさんがいる奴らが羨ましい。

だからそんな奴らは、お江戸で傍若無人な狼藉《ろうぜき》を働いてもちっとも応《こた》えちゃいないのだ。

「俺には、逃げ帰るところなんかありゃしねえさ。このお江戸で必ず成功しなくちゃいけねえんだ」

虎之助は苦い心持ちで、黄表紙をぽいっ、と放った。

「あなた、ちょっとよろしいですか？」

襖の向こうで菊の声が聞こえた。

「どうした？　何の用だ？」

虎之助は半身を起こした。

現れた菊は、手に綺麗に畳んだ小袖を抱えていた。

「着替えか……。あの骸骨《がいこつ》先生の話を、試してみようってのか？」

虎之助は苦笑いを浮かべた。

ぐっすり庵の松次郎は、目元が落ち窪んで頬はこけ、まるで骸骨のように窶《やつ》れた顔をしていた。

菊から話を聞いていた冷静沈着な姿とはずいぶん違った。あれほど患者相手に気さくにぺらぺらと喋る医者には初めて会った。長年商売をしていた虎之助から見ると、松次郎の一見軽くさえ思える患者のあしらいには、場の強張りを解すというきちんとした意図があるように思えて、好ましかった。

だがあの丸々した頬のお藍とかいう娘と、眠ってばかりの白黒猫。

〝助手〟と呼ばれた二人が絡んだ途端、松次郎は急に子供じみた予言をした。

「蔵屋は枕もとの着替えを探している」

松次郎の妙に確信に満ちた声が耳の奥に蘇った。

着替えだって？　子供じゃあるめえし。

虎之助は鼻をふんっと鳴らした。

「あなた、松次郎先生のお言葉を信じてみましょう。ただのおまじないにしても、それほど手間がかかることではありませんもの」

菊が懇願する声で言った。

「その小袖……」

虎之助は身を乗り出した。

小袖の色は鮮やかな萌黄色《もえぎいろ》だ。

「覚えておいでですか？　ずっと昔にわたくしが差し上げたときに、派手な色だからってあまり気に入っていただけなかったものですのよ。ですが今の流行でしたら、商売人は色鮮やかに装っているほうがずっと景気が良く見えますわ」

「萌黄色か。いや、参ったな……」

虎之助は頭を掻いた。

「今宵《こよい》は明るい月夜です。明日は良いお天気になりましょう。真新しい小袖を着て颯爽《さっそう》と歩けば、気分も晴れて商売もうまく行くに違いありませんわ」

菊が空を眺めた。

「……わかったよ。せっかくお菊が用意してくれたんだからな。明日はそれを着るさ」

虎之助は渋々ながら頷いた。

菊の着物の趣味は、とにかく娘らしく華やかなものを好んでいた若い頃のままだ。俺のような中年男の着るものってのは、古びてきた顔色とおんなじ、鼠色《ねずみいろ》やくすんだ藍色って決まりだ。役者のような萌黄色の小袖を着てそのへんを出歩いたら、周りに気が変になったかと思われちまう。

「よかった。では、おやすみなさいませ。ぐっすりお眠りできますように」

菊の去っていく足音を聞きながら、虎之助は分厚い布団に身体を埋めた。

お菊って奴は、世間知らずでいつもどこか抜けている。だが決して悪い女じゃないんだ、と思う。

枕もとの色鮮やかな小袖に眼を向けた。

お菊は、俺の身体を案じてくれている。それだけは間違いない。ならば俺も少しは歩み寄らなくちゃいけねえな。

ふいに胸の奥から込み上げてくる、懐かしいものがあった。

いったい何だろう。何を思い出したんだ？

虎之助は怪訝な心持ちで首を傾げた。

綺麗に畳んだ小袖に手を伸ばしてみる。

ぽん、と叩く。

「あっ」

虎之助の枕もとに、寒風除《よ》けの頭巾《ずきん》を深々と被った女の姿が現れた。

薄手の着物の裾《すそ》から、真っ赤な長襦袢《ながじゅばん》が覗いている。安物の香のどぎつい匂いが漂った。

「かあちゃん……」

虎之助は喉をごくりと鳴らした。

遠い昔に亡くなった母の姿だった。

けばけばしく安っぽい身なりで、似合わない紅を唇にべったりとさした母の姿だ。

「おやすみ、虎之助。寝なくちゃいけないよ」

女が虎之助を窘《たしな》めるように、首を横に振った。眉を下げて口元だけ優しく微笑む。

「かあちゃん、どこに行くんだい?」

虎之助は必死で声を掛けた。

「もしかして、おいらが眠ったら、遊びに出ちまうのかい? おいら、この前、夜にかあちゃんを探しに出たんだよ。そうしたら近所の酔っぱらいが言ったんだ。お前のかあちゃんなら、今頃誰かと遊んでいるぜ、って……」

虎之助の口から出るのは、子供の頃の甲高い声だった。

「嘘だよね? おっかさんは、おいらを置いて遊びに出たりなんてしないよね。遊ぶときだっておいらと一緒だよね?」

虎之助は涙声を出した。

女の着物の裾を摑んで、ぐいぐい引く。

「黙ってお眠り。ぐっすりお眠り」

女は虎之助の頭を撫でて、静かな声で言った。

「いやだ、おっかさん、いやだよ。おいらと一緒にいてよ!」

虎之助は己の叫び声ではっと目を覚ました。

目を見開いて、ゆっくり身体を起こす。

枕もとに手を伸ばすと、丹念に皺を伸ばした生地の硬い感触が掌をくすぐる。

破れたところをあちこち繕った、子供のための浴衣《ゆかた》だ。

虎之助は思わず「ああ」と呟いた。

「おっかさんは、毎晩、男と遊んでなんかいなかったんだ。おっかさんは夜鷹《よたか》として仕事に出ていたんだ。俺を育てるために。俺の明日の飯のために……」

虎之助は枕もとの着替えを手に取った。

ぼろぼろの浴衣がふっと消えて、鮮やかな萌黄色の上等な小袖に変わった。

「お菊……」

瞼が重い。

大あくびが漏れる。

鼻先が眠気でつんと痛くなるような気がした。

虎之助は大きく息を吸うと、布団に倒れ込んで静かに目を閉じた。

12

吐く息が白く変わる寒い朝だ。

藍は林の奥の墓の前で手を合わせた。

「おとっつぁん、おっかさん、おはよう。気持ち良い朝ですよ。今日も一所懸命に働きますから、向こうで見守っていてくださいね」

墓前に冬らしい控えめな色の野の花が飾ってある。

昨夜、松次郎が手向けたに違いない。

藍は小さく笑った。

「松次郎兄さんは、なんだかよくわからない変な人になっちゃったのよ。でも、患者さんとお話をしているところを見たら、ほんの少しだけ格好良かったわ。まるで、ほんもののお医者さんみたいだったの。二人が見たら、きっとすごく喜んだわ」

藍はちらりと空を見上げた。

「でもね、兄さんったら不思議なの。枕もとに着替えを置きなさい、ですって。兄さん本人は、私が用意してあげたお着替えを放り出して、寝間着姿で患者さんに応じちゃうくせに……」

藍は口元を尖らせた。

「蔵屋さんが眠れるようになっているといいけれど……」

そのとき、林のほうから「おーい」という男の声が聞こえた。

「はいはい、今すぐ参ります！　おとっつぁん、おっかさん、じゃあまたね」

藍は跳び上がって駆け出した。

「まあ、蔵屋さん！　今日はずいぶんと素敵な……」

茶畑を背に藍に大手を振っているのは、虎之助だ。

虎之助の齢には少々若すぎるのではと思える、鮮やかな萌黄色の着物を着ている。

頬は丸くなり、瞳は穏やかなのに、しっかりと力強い光が宿っていた。

「眠れたよ！　眠れたんだ！　朝までぐっすりとね！」

虎之助は藍に向かってにっこりと笑った。

「ええっ！　ほんとうですか！」

思わず叫んでから、藍は慌てて、「そ、そうでしょう！　もちろんそうだと思っていましたよ！」と言い繕った。

「蔵屋に奉公に入ってからこれまでの間、こんなにぐっすり深く眠れたことは、一度もないさ。身体中に力が漲って、それなのに心はとても静かで。ほんとうに生まれ変わったような心持ちだ」

虎之助は握り拳を作ってみせた。

「まあ、それはそれは……」

藍は狐《きつね》につままれたような心持ちで、虎之助の曇りのない笑顔を見つめた。

萌黄色の小袖は、最初に眼にしたときは少々驚いた。だが今の虎之助の大きな笑顔には、よく映えている。

虎之助はこの人から買い物をしたら、楽しいことが起きそうな、運気が良くなりそうな、力に溢れて見えた。

「つまり、枕もとのお着替えが功を奏した、ということでしょうか？」

虎之助は頷いた。

「そのとおりさ」

虎之助が己の小袖をぽんと叩いた。

「綺麗なお召し物ですね。お顔色までぱっと晴れて見えますよ」

「へへっ、そうかい。お菊が俺のために選んで……」

虎之助はふと黙って、眼を伏せた。

口元に静かな笑みが浮かんだままだ。

小さくため息をついて、肩を竦める。

「お藍さん、俺はずっと尖って生きてきたんだ。世間の奴らはもちろんのこと、お菊、先代、って蔵屋の皆にもな。貧乏な生まれを乗り越えて、浴びるほどの金を稼いで成功して、見返してやりたかったんだ」

　虎之助は恥ずかしそうに笑って、頭を掻いた。

「お菊さんから、蔵屋さんは奉公をされていた頃から、寝る間も惜しんで懸命に働いていらしたと伺いました」

　藍はしみじみと頷いた。

「ああ。けどな、俺は大きな思い違いをしていたみてえだ。昨夜、おっかさんが現れて、それを教えてくれた」

　虎之助が遠くを見る目をした。

「お母さまですか？」

　藍は少し身を強張らせた。虎之助が己の母をとんでもなく悪く言った姿に、肝が冷えたのを思い出す。

「そうさ、俺は、乗り越えなきゃいけねえことなんてありゃしねえ。見返さなきゃいけねえ敵もどこにもいねえんだ。ただ、明日の朝起きて、壮健に駆け回っていりゃそれだけでいいのさ」

「明日の朝起きて、壮健に駆け回って……ですか？」

「枕もとの着替えだよ。おっかさんは、毎晩必ず、俺の枕もとに着替えを用意してくれていたんだ。目が覚めたときの俺のため、明日を迎える俺のためにな」

虎之助が目頭を押さえた。

「それじゃあ、蔵屋さんがお母さまについて仰っていたことは、すべて誤解だったと気付かれたんですね」

虎之助はしばらく黙った。

両腕を前で組んで考える顔をしてから、ふいに、何かを心に決めたように大きく頷く。

「そうだ。すべて俺の勘違いさ。おっかさんに謝らなくちゃいけねえな」

虎之助は穏やかな目で大きく頷いた。

「松次郎先生にお礼を言いたいんだが、いらっしゃるかい？　貰った紙切れには夕暮れからって書いてあったんだが、居ても立ってもいられなくてね」

虎之助がぐっすり庵を指さした。

「まあ、わざわざありがとうございます。すぐに呼んで参りますからね」

藍は幾度も頷いた。

草履を跳ね飛ばすように框に上がり、廊下を早足で進む。

「兄さん、たいへんよ。蔵屋さんがいらしたわ。兄さんの言うとおりにしたら、ぐっすり眠れたんですって！　亡くなったお母さまが枕もとに現れて、えっとえっと、それで……」

藍は奥の部屋の戸を開いた。

掻巻を頭まですっぽり被った松次郎の身体を、大きく揺する。

「やめろ、俺はちょうど今、寝たばかりだぞ……」

松次郎が苦しげに呻《うめ》いた。眉間に皺を寄せる。

「兄さん、兄さん、聞いてよ。大成功よ。あっ！」

藍は松次郎の着物に眼を向けた。

いつもの寝間着姿ではない。

藍が先日、枕もとに揃えておいた藍色の小袖だ。

「兄さん、この着物、もしかして寝る前に着替えたの？　ああ、でもそんなことしたら、せっかくのお着替えが皺くちゃになっちゃっているじゃない……」

言いながら、藍の頬に笑みが浮かんだ。

私が用意した着物にちゃんと着替えてくれたんだ、と思う。

松次郎の懐からねうがひょこりと顔を出して、心底眠たげな声で「ねむう」と鳴いた。

その弐

江戸時代の健康本

正徳二年（一七一二年）に書かれた貝《かい》原益軒《ばらえきけん》の『養生訓』は、江戸時代に大流行した健康本です。

当時八十歳を超えていた益軒が、長寿と健康の秘訣《ひけつ》を書いたというだけあって信憑性《しんぴょうせい》は抜群です。

身体を健康に保つことは命を授けてくれた両親へのいちばんの親孝行、という考え方に則って、とにかく熱心に「養生」に励むことを説いています。

冒頭の「総論」では、健康のために〝外邪〟と〝内欲〟を遠ざけるようにと書いています。

〝外邪〟とは、風、寒、暑、湿のこと。
〝内欲〟とは、喜、怒、憂、思、悲、恐、驚、の七情の欲に加えて、飲食、好色、眠り、喋《しゃべ》りまくりたい欲（！）が続きます。

外邪を防ぎ、内欲を我慢する。耳の痛い部分も多々ありますが、己の身体の強さに驕《おご》ることなく「畏《おそ》れること」が何より大切だ、という意見に深く考えさせられます。

当時は、眠り、が内欲のひとつに数えられてしまっているのは少し残念ですが、よくよく読んでみると、これは長々と昼寝をすることや満腹の直後に寝てしまうことなど、「ごろごろ」だらしなく生きることを諌《いさ》める言葉です。

お藍のようにたくさん寝て朝早く起き、元気いっぱい働いていれば、きっと貝原先生にも褒めていただけることでしょう。

第三章　フクロウ

1

千住宿は大川に掛かる千住橋をまっすぐ進んだ道に沿って栄えた宿場町だ。

その賑《にぎ》わいから少し外れた大川沿いの千住河原町《かわらちょう》には、職人たちの暮らす長屋がいくつも立ち並ぶ一角がある。

千住は商売人と旅人の町と思われがちだが、たくさんの人が集まる場所は常に、腕の良い職人や力仕事の人夫の働きに支えられていた。

日が暮れて千住宿の通りの提灯に灯が入る頃になると、たくましい身体の男たちが河沿いから長屋にぽつぽつと戻ってくる。

「ねえ、あんた。あの子、ここのところちょっとおかしくないかい？」

女房の里《さと》が声を潜めて囁《ささや》いた。ところどころ破けた間仕切りの向こうに、横目を走らせる。

「おかしい、ってのはどういうことだ？　福郎《ふくろう》が変わり者ってのは、今日に始まったことじゃねえぞ。もったいぶった言い方はやめろってんだ」

兵助《へいすけ》は縁の欠けたお猪口を床に置いた。急に酒の味が不味《まず》くなる気がした。

「どういうこと、って言われてもねえ……」

里は間仕切りに耳を押し付ける。怪訝《けげん》そうな顔でしばらく息を殺してから、なんだかよくわからない、という顔で首を捻った。

「福郎はまだ八つだぜ。盗み聞きを心配しなくたって、とっくに寝ているに違いねえさ。だから何だってんだ、早く話せ」

兵助はもやもやしたものが胸に広がっていくのを感じ、苛立《いらだ》った口調で促した。

福郎は兵助と里のひとり息子だ。

福郎が「ここのところちょっとおかしい」だなんて、兵助はとっくの昔に気付いていた。

気付いていたからこそ、子育ては里に任せた、とばかりに、いつも以上に懸命に荷降ろしの人夫仕事に励んできたのだ。

朝は夜明けとともに家を出て船着き場で積み荷を降ろす。その仕事を終えたら、今度は宿場町に出て米屋の店先で蔵に荷を入れる。暗くなるまで全力で身体を動かし続けると、家に戻って夕飯を腹に入れた途端にどっと眠くなる。

そうやって何か物言いたげな里とは、なるべく顔を合わせないようにしていたのだ。

「なら今日という今日は、ちゃんと聞いておくれよ。福郎がとんでもない癇癪《かんしゃく》を起こすようになった、ってのは、わざわざ言わなくてもわかってくれるね」

里がむっとしたように兵助に向き合った。

兵助は、さあ来たぞ、と眉間《みけん》に皺《しわ》を寄せた。

ここのところ、福郎は夕暮れ時になると赤ん坊のように泣き騒ぐ。

仕事を終えた兵助が長屋の入口まで響く声に仰天して、「いったい何があったんだ？」と訊《き》いても、福郎は頑として答えない。何が起きたのかと里に訊いても「知らないよ」と、どっと疲れた顔で返される。

しまいには兵助の堪忍袋の緒が切れてしまい、「うるせえ黙れ！」と怒鳴りつけ外に放り出し、それでも泣きやまなければ脳天にごちんとげんこつをお見舞いする。

そんな乱暴なあしらいでもちろん福郎は泣きやむはずもなく、一層大声で喚《わめ》きたてる、という場面が幾度もあった。

「金切り声を上げて泣いて喚いて、って、いつものやつだろう? 知っているさ。俺は言っているだろう、あいつは身体を動かし足りていねえから、ああやって鬱憤《うっぷん》が溜《た》まるのさ。外に連れ出してへたり込むまで走り回らせりゃ……」

「それを私にやれって言うのかい? そんなの無理に決まっているよ。親に言われて、あの子が外へ出るはずがないだろう?」

里が低い声で言った。眉間に深い皺が寄る。

「……福郎は相変わらず家に籠《こも》ってやがるんだな」

兵助は少々しゅんとして答えた。

「ああそうだよ。朝に寺子屋へ顔を出す以外は、朝から晩まで地べたに本を広げて学問に勤《いそ》しんでいらっしゃるよ」

「また学問か。なんだってそんなつまんねえこと……」

兵助は首を捻った。本心でそう思った。

福郎は物心ついた頃から、学問が好きな利発な子供だった。

三つになる頃には大人のような言葉を使い、数を難なく数え、五つの頃には寺子屋の師匠顔負けの綺麗《きれい》な字を書いた。

八つになった今では、寺子屋で学ぶことはほとんど終えて、師匠を手伝って幼い子供たちの面倒を見ているという。

福郎の賢さが噂《うわさ》になっていると近所の者から聞かされても、兵助としては何がなにやらよくわからない心持ちだ。

兵助も里も、学問など何の興味もなく育った。

商売人の娘だった里はかろうじて字が読めるが、兵助は字も数も読めない。

だがこれまで兵助はこのお江戸で真面目に働き、何ひとつ不自由なく暮らしてきた。

真っ昼間から引きこもって大人びた学問を続けることよりも、子供にとって大事なことはもっとたくさんある。礼儀作法や、身体を壮健に保つこと。そして何より働き者に育つことだ。

寺子屋の師匠が福郎の才を褒めちぎるたびに、兵助は「うちは親父の代から人夫さ。荷を運ぶのに学問は必要ねえな」と、すげなく話を切り上げていた。

「学問がいけねえんだ。大人の真似をして難しい本を読むくせに、おっかさんには赤ん坊みてえに泣いて騒いで当たり散らす。きっと頭の中がごっちゃになっちまっているのさ。まったく、可愛《かわい》くねえ餓鬼だよ」

兵助は両腕を前で組んだ。

「やっぱりそうかねえ。だからあんなふうに……」

「あんなふうに、ってのは何だ？　それがいちばん話したかったことだろう」

兵助は身を乗り出した。

「あの子、どうやら寝ていないいんだよ。一晩中ね」

里が一層声を潜めた。

「寝ていないだって？」

兵助はぎょっとして間仕切りに眼を走らせる。すっかり寝入っていると思って
「可愛くねえ餓鬼」なんて口を滑らせてしまった。馬鹿野郎、そんなことはもっと
早く言え、と心で怒鳴る。

「そう、この間夜中にふと目が覚めてね。何の気なしに横の福郎に眼をやったのさ。

そうしたらあの子、真っ暗闇の中で目ん玉をかっ開いて、私のことをじっと見てい
るんだよ」

「偶然、朝早くに目が覚めちまっただけじゃねえのか？」

「朝早く、って刻じゃないよ。まだ真夜中さ」

「声をかけてみたのか？」

「もちろんだよ。『福郎、起きていたのかい？　驚いたよ。いったいどうしたんだい？』って、優しい言葉を掛けてやったさ」

「福郎は何だって？」

兵助は何となく答えがわかる気持ちで訊いた。

福郎は偏屈者だ。特に里には甘えているのか、普段から虫の居所が悪いとろくに返事をしない。

「答えやしないさ。黙って私のことをじっと見ているんだ。あのでっかいぎょろっとした、何もかも見透かしたみたいな目でね」

「そりゃ、気味が悪ぃな」

兵助の脳裏に、福郎の丸い目が浮かぶ。

気質はまったくどこも似ていない父子だったが、福郎の丸い目だけは兵助とそっくりだ。

もっとも、兵助の目はガマガエルを思わせるどこか剽軽《ひょうきん》なぎょろりとしたものだが、福郎のそれは常にらんらんと輝いて見開かれている。

それに子供離れした平静な物腰が合わさると、我が子ながら、なんだか心を取られた人形のように思えてしまうこともある。

「しっ、あんた！　福郎が聞いているよ！」

　里が首を横に振った。

「いけねえ」

　兵助も慌てて口を噤《つぐ》む。

　二人でしばらく向かい合って黙り込んだ。

「このまま放っておくわけにはいかねえな。どうやら俺は子育てってもんを甘く見ていたみてえだ。もう少し様子を見りゃいいだろう、いつかはまともになるだろう、ってずるずるここまで来ちまったな」

　兵助は意を決して口に出した。

「福郎は俺の子だ。俺の子を、頭でっかちの薄気味悪ぃもやし坊主になんかさせやしねえさ」

　言いながら、己の言葉に大きく頷《うなず》いた。

「あんたがそう言ってくれてほっとしたさ。それじゃあ、あの子のことはあんたに任せたよ」

　里が心底ほっとした顔をして、大きく息を吐いた。

2

拝み屋は、山奥の滝の裏の薄暗い洞窟《どうくつ》にあった。

「おとっつぁん、そんなに早足で進んではつるんと滑ってしまいます。このあたりの岩場は、ぬるぬるした苔《こけ》がびっしり生えております。一歩一歩、足場を固めながらゆっくり進まなくては危ないですよ」

背後から福郎のいかにもこまっしゃくれた声が聞こえた。

「うるせえ、黙ってついてこい。おうっと、危ねえ」

足元がぐらりと揺れて、兵助は舌打ちをした。

「ほら、私の言うとおりでしたでしょう」

福郎は崖《がけ》に手をついて、そろそろと足を運ぶ。

「ああそうだな、まったくお前の言うとおりさ。おとっつぁんは、大馬鹿者だ」

兵助は忌々しい心持ちで唸《うな》った。

どうにかこうにか洞窟の入口に辿《たど》り着くと、中から香ばしい匂《にお》いが漂ってきた。喉《のど》が痛くなるような安物の香の匂いとは違う、すっと胸の奥まで届く香りだ。

「この子が狐憑《きつねつ》きかい？」

襤褸《ぼろ》を身に纏《まと》い首に幾重もの数珠を巻いた老婆が、暗がりから足を引き摺《ず》りながら現れた。このあたりでは有名な拝み屋の老婆だ。これまで正気を失った者から、幾度も狐を払ってきた。

「ああそうだ」

「いいえ違います。狐など憑いておりません」

父子の声が重なった。

「福郎、お前は黙ってろ。そうさ、婆《ばあ》さん。この子だよ。夕暮れ時になると癇癪を起こして泣き喚いて、朝から晩まで家に籠って学問なんざやってやがる。俺の子にしちゃ、どうにも納得いかねえ。きっと狐が憑いているに違いねえさ」

「おとっつぁんの言うことは、ほんとうかい？」

老婆に訊かれて、福郎が俯《うつむ》いた。決まりが悪いのか、口元を尖《とが》らせている。

「こちらに顔を見せてご覧よ」

老婆が福郎の顎《あご》に手を伸ばした。鋭い目で福郎の顔を検分する。

福郎はされるままになっていた。

と、老婆はくっくっと声を忍ばせて笑った。

「どうした婆さん、何が可笑《おか》しいんだ？」

兵助は身を乗り出した。

「この子には何も憑いちゃいないさ。まったく正気の賢い子だよ」

老婆が福郎の頭を乱暴に撫《な》でた。

「そんなはずはねえさ。もっとちゃんと見てくれよ」

「幾度見たって同じだよ。子は親の思いどおりになんかなっちゃくれない、って、当たり前のことだろう？　それにこの子は生まれつき父親のあんたとは違った性分だった、ってだけのことさ」

老婆が笑い飛ばした。

「性分、なんてことで片付けちまうのか？　だってこいつは……」

傍らの福郎が、こちらを見上げている。

老婆に「正気」と言われてほっとしたのだろう、僅《わず》かに口元が綻《ほころ》んでいる。

福郎の笑顔に他意はないとわかっていても、「そらみたことか」と馬鹿にされているようにも思えてくる。そんな己の鬱屈《うっくつ》した心に辟易《へきえき》した。

「生まれつき賢い子ってのは、癇癪持ちになりやすいものさ。頭は賢いのに、心は子供のまんまだからね。歯がゆいこともたくさんあるだろうよ。けれど、年を重ねて、心も大人になるにつれてきっと良いほうに行くさ。ねえ、そうだろう？」

老婆が福郎の顔を覗《のぞ》き込んだ。

と、福郎が一歩前に進んだ。ぼんやりとした表情を浮かべて、そのまま老婆に抱きつこうとするかのように両手を広げる。

「おいっ、福郎！　どうした？」

兵助に声をかけられて、福郎は、はっとした様子で動きを止めた。何事もなかったような顔をして背筋をしゃんと伸ばす。

「そ、そうだ。言い忘れていたことがあったさ。こいつは、夜、まったく寝ていねえんだよ。そこのところはどう思う？」

兵助は福郎の背を叩いた。

「寝ていないだって？」

老婆の顔つきが急に険しくなった。

「そうさ、一晩中目ん玉をこんなふうにかっ開いて、真っ暗闇を見つめているのさ」

兵助は己の両瞼《まぶた》を指で開いて見せた。

「おとっつぁんの言うとおりかい？　もしもそうならば、そこのところは何とかしなくちゃいけないねえ。子供は寝なけりゃ育たないよ」

老婆が福郎に訊いた。

「……わかりません」

福郎が蚊の鳴くような声で答えた。

「わからねえ、ってこたぁねえだろう？ 普段あんなに学問をやっていて、手前が起きているか寝ているかも答えられねえってのか？」

兵助は思わず嫌味を言ってしまってから、しまった、と思う。

似たところのまったくない我が子に、どう接すれば良いのかが見当もつかないのだ。

こいつは俺に似ていない、と思うたびに憎たらしくなる。それと同時にたまらなく寂しくもなる。

己とそっくりの顔をした子供が、まったく違う道に没頭している姿に、なんだか己のこれまでの生き方は間違っていると言われているような気がするのだ。

「……学問の話は、今は関係ないかと思います」

福郎が遠慮がちに言った。

兵助は思わず福郎の頭をぱんと叩きたくなるのをぐっと抑えて、ふんっと鼻息を吐いた。

「お医者に行ってみてはいかがでしょうね？」

洞窟の入口で、急に声が聞こえた。

兵助が慌てて振り返ると、おかもちを手にした大柄な女が立っていた。

「ああ、お久、ご苦労だったねえ。あんたの淹《い》れてくれるうんと濃い茶を飲むと、目の奥のあたりがかっと開くような心持ちがするのさ。教えてもらって茶葉を香代わりに焚《た》いてから、ここへ来ると心持ちが楽になるって人が増えたよ」

老婆が親しげに手招きをした。

「へえっ、これは茶の匂いか」

兵助は鼻を鳴らした。言われてみるとふんわりと優しく柔らかい香りは、茶葉を淹れる急須から微《かす》かに漂うものと同じだ。

「お客さん、あなたに良いものを差し上げましょう」

お久と呼ばれた女は、にこりともせずに懐から紙切れを取り出した。

〝眠り医者　ぐっすり庵〟と綺麗な女文字で書かれている。脇のところには白黒の猫の絵。〝明日のために眠りませう〟とは、長閑《のどか》な顔で眼を閉じた猫の台詞《せりふ》だ。

「何だこりゃ？」

「西ヶ原の茶畑の奥で、夕暮れからです」

久は無愛想な調子を崩さずに言った。

「お久、妙なことを始めたね。私の客を取らないでおくれよ」

老婆が苦笑いを浮かべた。

「婆さま、心配ご無用です。誰彼構わず、手当たり次第に声を掛けているわけじゃありません」

久が福郎に鋭い目を向けてから、うんっと頷いた。

「まあ確かに、狐憑きじゃないってんなら、一度、お医者に診てもらってもいいかもしれないね。ぐっすり眠れるようになれば、身体もぐんぐん大きくなる。そうすりゃ癇癪も収まるかもしれないよ」

老婆は紙切れを指さしてから、もう一度福郎の頭をごしごしと撫でた。

3

「ああ暑い、そろそろ一休みだわ」

藍は鍬《くわ》をふるう手を止めて、手拭《てぬぐ》いで額の汗を拭った。

日の当たる少しでも暖かいうちに、と始めた仕事だったが、いつの間にか汗びっしょりだ。

あばら家の周りを耕して菜をたくさん育てよう。ふいにそう思いついてから、針仕事の合間にひとりで懸命に鍬をふるっていた。

「お藍、そんなちっちゃい身体をしているくせに、あんたはずいぶんと大飯喰《ぐ》らいなんだね。食いしん坊の娘ってのは、嫁ぎ先じゃああまりいい顔をされないよ」

八百屋への支払いを目にした、重の怪訝そうな顔が目に浮かぶ。

こっそりあばら家の松次郎に食事を運んでいるのだから、重に妙に思われるのは当然だ。

「そうかしら？　うちは前からずっとこうでしたよ。いっぱい食べていっぱい寝なくちゃ、ちっとも元気が出ないわ」

これまでも一緒に暮らしていたわけではないので、どうにか誤魔化すことができた。だが、大飯喰らいを理由に一刻も早く千寿園から追っ払おうと思われては大変だ。

松次郎の分の菜くらいはここで作ろう。

「一から畑を作るって、思ったよりも大仕事ね。ちょっとくらい兄さんに手伝って、って頼めばよかったわ」

　藍は竹筒に口を付け、ごくりごくりと喉を鳴らして水を飲んだ。

　松次郎は相変わらず夕暮れ時まで寝込んで、暗くなるとねうと一緒にあたりをぶらぶらとほっつき歩いている。

「身を隠して生きる、なんて格好いいこと言って。結局、兄さんのために私が動いてばっかり。だったらその分、兄さんには患者さんのために働く立派なお医者になってもらわなくちゃ困るわ。ね、おっかさん、そうでしょう？」

　藍は青空を見上げて、口元を尖らせた。

　そのとき、林でカラスが大声で鳴いた。ばさばさと羽音が聞こえ、木が大きく揺れる。

「あら？　何かしら？」

　藍ははっと我に返った心持ちで、目を凝らした。

　まさか行き倒れている人でもいるのではと、カラスが飛び立ったあたりに近づいてみた。

「まあ、カラスの宝物ね。噂には聞いていたけれど、カラスってほんとうにこうやって宝物を隠すのね」

木の根元の洞《ほら》の中に、さまざまな小物が放り込んであった。簪や帯留め、といった光りものから、お菓子や布の切れっ端、子供の遊ぶ玩具《がんぐ》や人形まである。

「持ち主に返してあげなくちゃいけないわ。どれもきっと大事なものよ」

そう言ってから、はっと気付いて恐る恐る頭上を見上げる。

木の枝に止まったカラスが、藍の姿をじっと見つめている。真っ黒な身体に真っ黒な目がぎょろぎょろと動く。

「ごめん、ごめんね。今のは忘れてちょうだいな。何にも見なかったことにしますからね」

硬い嘴《くちばし》で頭を突《つつ》かれてはたまらない。

藍は慌てて立ち上がった。

「失礼いたします。ちょっとよろしいですか？　私は福郎と申します。千住宿から参りました」

ふいに背後から声を掛けられて、驚いて振り返った。

ひとりの男の子が林の中に立っていた。年の頃は七つか八つくらいだろう。その割にずいぶん大人びた顔をしている。

「えっ？　は、はい。よろしいですよ」

藍は狐につままれたような心地で、男の子の言葉を丁寧に繰り返した。

「ぐっすり庵という養生所は、あちらの古びたあばら家でよろしいのでしょうか？　どうやら白黒の眠り猫がいるようです」

男の子が懐から紙切れを取り出して、幾度も見比べる顔をした。

「坊や、ぐっすり庵にご用なの？　坊やみたいに小さな子がいったい……」

訊きかけて、ああ、そうか、とぽんと手を打つ。

「ええ、そうですよ。あそこがぐっすり庵です。眠ることができないのは、坊やのおっかさん？　それとも、おとっつぁん？　大丈夫よ。うちの先生が必ず治してくださるわ」

きっとこの子は、親の代わりにお遣いに出されたに違いない。

さっきの私の話を聞いていて、おっかさんが患者さんを呼んでくれたのだ、と心で呟く。

「いいえ、おっかさんもおとっつぁんも、壮健にしております。調子がおかしいのは、私、福郎です。もっとも、私自身は、何も心あたりはなく、どうご相談してよいやら困惑しているのですが……」

福郎と名乗った男の子が己の鼻先を指さした。

「へっ？」

なんだか変だぞ、と思いかけたところで、遠くから声が聞こえた。

「おーい、福郎！　どこへ行った？」

男の野太い声だ。息子を見失ってしまって困り切った様子が窺《うかが》える。

「こちらです！　こちらにおります！」

福郎は山彦《やまびこ》を発するように両手を口元に当てて叫んだ。

「ああ、やっと見つけたぞ。ちょっと目を離した隙《すき》に、兎《うさぎ》のようにぴょんといなくなりやがって……」

身体中に筋を漲《みなぎ》らせた大男が、肩で息をしながら現れた。外で身体を動かす仕事をしているのだろう、耳の先まで朽葉色《くちばいろ》に日焼けしている。

逆に傍らの福郎は、透けるように青白い肌をしていたが、ぎょろりと大きな目玉だけははっきり父親譲りとわかった。

「あんた、ここの人かい？　俺は、千住で人夫仕事をしている兵助だ。こいつは福郎。俺のひとり息子だ」

「おとっつぁん、既に先ほど、ご挨拶がてら名乗りをさせていただきましたよ。初めて会った方にまずは名乗るのが礼儀の基本でございます」

「うるせえ、お前は黙っとけ」

兵助が舌打ちをした。

「おとっつぁんのお察しのとおり、このお嬢さんは私たちが目指していたぐっすり庵のお方のようです。ええっとお名前は……」

「藍と申します！　ようこそいらっしゃいました！」

藍は慌てて勢いよく頭を下げた。

4

「もうすぐにお支度を済ませて先生がいらっしゃいますからね。それまでここで、お菓子でもつまんでお待ちくださいな」

藍はぐっすり庵の縁側に面した部屋に父子を通した。

「さあさあ、甘いお砂糖があるのよ。金平糖、って長崎のお菓子なの。綺麗でしょう？　うちの先生のお土産よ」

藍は父子の顔をちらちらと交互に見ながら声を掛けた。

色とりどりの金平糖の載った小皿を福郎の前に置く。

「すみません、私は甘いものはちょっと……。塩辛い煎餅《せんべい》や、醬油《しょうゆ》の団子などがありましたらそちらのほうが……」

「馬鹿野郎。人さまが出してくださったものに文句を付けるんじゃねえ。手前が甘いもんが好きか嫌いかなんて、誰も聞いちゃいねえぞ。出されたもんは、何であろうとありがたくいただくって決まりなんだ。手前の賢い頭でしっかり覚えておきやがれ」

兵助が福郎の頭をぱちんと叩いた。

「すみません……」

手加減しているには違いないが、兵助の大きな掌で叩かれたら相当痛いはずだ。

福郎は目に涙を浮かべて俯いた。

「こいつは婆さまの家に入り浸っていやがったから、年寄り臭くてならねえや」

兵助が肩を竦めた。

「いいのよ、いいの。じゃあ、お煎餅を持ってきてあげますね」

藍は慌てて笑みを浮かべた。

「お藍さん、済みません。どうにも可愛くねえ野郎で……」

福郎が濡れた目できっと父を見上げた。

「なんだその顔は。狐憑きみたく、泣き喚いて蹴り飛ばしてきやがるか？　やれるもんならやってみろ」

兵助が拳を見せつけた。

「ちょ、ちょっと、やめてくださいな。ここでは穏やかにお願いいたします。さあ、気を取り直してお煎餅をどうぞ」

藍に勧められて、福郎はがりっと音を立てて煎餅を齧《かじ》った。

ぼりぼりと口を鳴らしながら、傍らの父親には頑として目を向けない。

兵助が藍に、うんざりしたような顔を向けた。

「福郎くん、とても可愛い子ですね」

藍は、ちっとも気にしなくて大丈夫ですよ、というようにゆっくりと首を横に振った。

兵助と福郎の父子は、いびつな親子だ。

お互い常に突っかかって、見ているこちらがひやりとするくらい相手の気に障ることを言う。

だが兵助は福郎の様子に心底手を焼きながらも、子供の顔色を窺うこともなければ、気の向くままに加減なしに張り倒しているわけでもない。

口では可愛くない、と言いながら、その実は可愛くてならないのだ。

しかしそんな親心を察するには、まだ福郎が幼すぎるのではと心配だった。

「こちらのお医者の先生、というのは、もしかして今の今まで眠っていらしたんですか？　先ほどのお藍さんのお話で、『お支度を済ませて……』とおっしゃっていたので」

福郎は、日が沈みかけた空を見上げた。

兵助がきっと福郎を睨《にら》み付けた。

子供のくせに平然と大人と世間話をしようとする福郎の姿に、またこいつは、と、無性に苛立っているに違いない。己の息を整えるように、大きく息を吸って、ゆっくり吐いた。

「まあ、よく聞いていたのね。そうなのよ。ちょっと事情があってね……」

「夜中に働くなんてこと、しても良いんですか？　私は、夜は寝なくてはいけない、そうでなくては長生きできないと聞かされて育ちました。だから拝み屋へ連れて行かれたり医者へ連れて行かれたりといった大騒動に……」

福郎が不思議そうな顔をした。

「そうね、福郎くんの言うとおりよ。夜は寝なくちゃいけないわよね」

「まともな先生でしたら良いのですが……」

福郎が首を捻る。

「福郎、まとも、って今の言い方は少々生意気が過ぎねえか？」

兵助が片方の眉《まゆ》を上げた。

「そんなつもりで言ったわけではありません。ですが、人の眠りを診てくださる先生が昼夜を逆転して暮らしているというのは、皮肉な話でございます」

「え、ええ。そうね。福郎くんは難しいことがわかるのね」

藍は、確かにこの子の言うとおりだわ、と心で呟いた。

ふいに福郎の目が外へ向いた。

「あっ、猫だ！　引き札に描かれていた眠り猫は、この子ですね」

福郎が甲高い声を上げた。

振り返ると、開け放った襖《ふすま》からねうが音もなく部屋に入ってきた。

「おいで、猫ちゃん、こっちにおいで」

福郎が大きく手を振った。それから「にゃん」と鳴き真似をしてみせる。

ねうは、まるで「私を馬鹿にするな」とでも言うように、ふんっとそっぽを向く。

「福郎違うぞ。猫ってのは、顔をまともに見ちゃいけねえんだ。こうやってあっちのほうを向いてりゃ……」

「わっ、おとっつぁんの言うとおりです！　おとっつぁんのところにやってきましたね！」

兵助はふんっと鼻を鳴らして、福郎とそっくりな顔をして笑った。

福郎が大きな丸い目を見開いて、にこっと笑った。

ねうがすました顔をして兵助の脇にちょこんと座った。

5

支度に手間取っているのか二度寝しているのか。松次郎を待っているうちに、どんどん日が暮れていった。

空は少しずつ群青色に変わり、白い雲に茜色の筋が残る。

「お藍さん、あんた畑をやろうとしているのかい？」

兵助が土を掘り返した庭に眼を向けた。

福郎は、よほどねうが気に入ったようで、縁側の隅でねうを膝に載せて「いい子、いい子」といかにも優しげに囁いている。

この子が〝狐憑き〟と間違えられるほどの癇癪を起こすとは思えないほど、可愛らしく穏やかな姿だ。

「そうなんです。でもほんの少しずつ暇をみつけての仕事なので、ずいぶん手間取ってしまっています」

藍は苦笑いを浮かべた。

「ちょっと貸してみな」

兵助が腰を上げた。

縁側からひょいと庭に下りて、地べたに置いてあった鍬を背負う。

「畑ってのは、ひとつところをずっと耕してちゃいけねえんだ。これだとやりすぎだ。土の粒が小さくなりすぎて、水を含んだらかえって地面が硬くなっちまう。土の塊が少し残っている程度でどんどん進めていきゃ、すぐに終わるさ」

兵助が難なく鍬を振り下ろす。

ざくっ、ざくっ、と小気味よい音が響き、庭はあっという間に黒々と水気を含んだ畑に変わった。

「わあ、ありがとうございます！　見事ですね！」

藍は歓声を上げた。

「へへん、こんなの俺にかかりゃ、朝飯前よ」

兵助が得意げに胸を張って、ちらりと福郎に眼を向けた。息子の前で良い格好を見せたかったのだ、と思うと心がほっと和む。

が、福郎は兵助のことをちらりとも見ようとしない。

ただねうを抱き締めて、白黒の毛並みをじっと見つめている。

「福郎くん、お父さんってすごいのね。私があんなに苦心していた畑を、あっという間に……」

「お藍さん、いいのさ。こいつがこんな奴だってのは、わかっていたさ」

兵助が急に臍《へそ》を曲げた声で言った。

福郎は目を見開いて一点を見つめたまま、冷たいまでの無表情だ。

ああもう、と頭を抱えそうになったところで、廊下を進む足音が聞こえてきた。

「兄さん──先生、お待ちしていましたよ」

藍は、ほっと息を吐いた。

「どうもお待たせいたしました。それで今日、眠れないってのは、どちらのお方でいらっしゃいますかね？」

藍色小袖の松次郎が、相変わらずふざけた口調で襖から顔を覗かせる。

「こちらが、兵助さんです。先生が現れるのがあまりに遅いから、今、畑を耕すのを手伝ってくださったんですよ。見てくださいな、こんなに立派な畑に……」

藍はすっかり暗くなってしまった格子窓の外を、手で示した。

「そしてこちらが兵助さんの息子の福郎くんです。今日は、福郎くんが眠ることができないっていうことと……。あとは、ここ最近癇癪を起こすことが何か関係があるのでは、とのご相談です」

後のほうは、福郎に聞かれないように小声で言った。

「……何の話だ？　眠っているじゃないか」

松次郎がぽつんと呟いた。

「へっ？　先生、何のことですか？　もう一度言ってくださいな」

聞き間違いかと思い、藍は訊き返した。

「福郎というのはその子だろう。ならばもうとっくに眠っているぞ。眠り医者なんてまったく必要ない」

松次郎が福郎に眼を向けた。

「先生、そっちからじゃ見えないかい？　福郎は起きているさ。目ん玉をかっ開いてな」

兵助が己の目をぎょろりと見開いて、福郎の顔を覗き込んだ。

「ねう、こっちへおいで。ほうら、ほうら」

松次郎が懐から細長い組紐《くみひも》を取り出して、福郎の腕の中のねうに見せつけるように左右に振った。

ねうは、はっとした顔をして、福郎の腕から勢いよく抜け出した。と、福郎の腕がだらりと床に落ちる。そのまま身体が揺れて横に倒れ込む。

「福郎！」

兵助が慌てて抱き留めた。福郎は目を見開いたまま一点を見つめている。

「福郎、どうした！　平気か？」

兵助が福郎の身体を乱暴に揺すった。頬を両掌で勢いよく叩く。

福郎の顔が歪んだ、両目がいかにも苦しげにぎゅっと瞑《つぶ》られた。

「う、うわーん！」

再び目を開けたとき、福郎の目からはとめどなく涙が溢れ出した。

6

「瞼には瞬きをするための筋がある。生まれつき目玉がぎょろりと大きな子供は、生来その筋の張りが強いことがまれにあるんだ。大人になるにつれて筋は伸びていくので、じきに良くなるはずなんだが……」

　松次郎が、福郎の瞼に触れた。

　福郎がびくりと身を縮めて、ぎゅっと目を瞑った。

「平気だ。痛いことは何もない。大きく息を吸って、吐いてみろ」

　松次郎が肩を揺らしてみせた。

「そうら、猫の鼾《いびき》のように。牛の寝言のように、河童《かっぱ》の鼻歌のように。にゃあにゃあ、もうもう、きゅうきゅう、いっちに、いっちに」

　福郎は恐る恐る、という様子で松次郎の様子を真似て深呼吸をする。

「目玉に細かい傷ができているな。寝起きで目が乾いているときや、夕刻になって目が疲れる頃になると、ちくちくと痛むことはないか？」

「痛み……ですか？」

福郎はきょとんとした顔で首を傾げた。

「お藍、綿を水に浸して持ってきてくれ」

松次郎が福郎の目玉を検分しながら、藍に指示した。

「はいっ、ただいま」

藍は千切った綿に冷たい井戸水をたっぷり含ませて手渡した。

松次郎が福郎の瞼を綿で拭う。

「やあ、急に目の前がまっすぐに見えるようになりました！」

福郎が歓声を上げた。

「おい、福郎、まっすぐ、ってのはどういう意味だ？」

息を殺して見守っていた兵助が、首を捻った。

「今まで私は、一日のうちの半分ほどは目の前のものがすべて二重にぼやけて見えてしまっていたのです！」

福郎が心底嬉しそうに、両瞼をぱちぱちと開いたり閉じたりした。

「そんなこと、これまで一言も言わなかったじゃねえか」

「気付いておりませんでした！」

福郎はあっけらかんと答える。

「気付いておりませんでした、って、手前《てめえ》の身体でそんなこたあるのか？」

兵助がちっとも意味がわからないという顔で、藍と松次郎に眼を向けた。

「子供とはそういうものだろう。己の身体の具合をうまく言い表すことができるのは、ずいぶん齢を重ねてからのことだ」

松次郎が当然の顔で頷いた。

「へえ？　餓鬼なんてもんは、二六時中、痛い苦しい疲れた、って我儘《わがまま》を言っているもんだって気がするけれどなあ……」

「痛い、というのがただ大便を我慢しているだけだったり、逆に、疲れた、というのが高熱を出して今にも倒れ込むところだったり……。子供の訴えはくれぐれも、言葉どおりに取ってはいけないぞ」

松次郎が福郎の頭を撫でた。

「痛みは消えたか？　今までは目玉が乾いて、皺くちゃの豆粒みたいになっていたぞ。ただ目を開けているだけでずいぶん疲れただろう？」

「はいっ！　今は、ちっとも目が気になりません。あれはずっと痛みを感じていたんですね。私は痛い、というのはもっとずきんと跳び上がるようなものだとばかり……」

福郎の大きな目が、水気を含んできらきらと輝いた。

松次郎が藍に顔を向けてにこりと笑った。

「へえっ、なら、これから福郎のことは、どうしてやりゃいいでしょうかね？」

兵助が感心したような、しかしどこかまだ納得しきれていないような顔で訊いた。

「眠るときには、目元に濡れた手拭いを巻いてやれば良い。それだけで目の渇きはずいぶん良くなるだろう」

「ええっと、目元に濡れた手拭い……ですかい？」

兵助がしっかり覚えなくては、というように、己のこめかみを人差し指でとんとんと叩いた。

「おとっつぁん、そのくらいは私がすっかり覚えます」

福郎が横槍《よこやり》を入れる。

「良かったわね。一晩中目玉を開けて寝ていたら、そりゃ、目がしばしばするわ。しかも日中は、寺子屋で一所懸命学問に励んでいるのでしょう？」

藍は、ほっと胸を撫で下ろす心地で福郎に声を掛けた。

「じゃあ、福郎の目が良くなれば、夕刻の癇癪も収まるかもしれねえってことだな」

兵助がぽんと手を打った。

途端に、福郎の顔に影が差す。唇を尖らせた。

人前で己の癇癪を暴かれて、決まりが悪いに違いない。

「癇癪の原因が、目の疲れ、目の痛みならば、きっと機嫌が悪くなることもなくなるだろう。もっとも、ほかに原因がなければの話だけれどな」

松次郎が福郎に眼を向けた。

福郎は先ほどまでの屈託ない様子とは打って変わって、仏頂面で脇を向いている。

「ほかに原因なんてあるはずないです。福郎くんは賢くていい子ですもの。ねえ？」

藍が優しく声を掛けるが、福郎の顔つきは晴れないままだ。

「おいっ、福郎、何だその態度は？」

兵助がどすの利いた声を出したので、藍は思わず腰を浮かせて大きく首を横に振った。

「松次郎先生、お藍さん、失礼を。申し訳ねえです。せっかく診ていただいたってのに……。帰ったら厳しく言って聞かせます」

兵助がむっとした顔で福郎を睨み付けてから、ぺこりと頭を下げた。

手の甲でぴしゃりと福郎の太腿《ふともも》を叩く。

福郎は、はあっと大きくため息をついてから、嫌々の様子で軽く会釈程度に頭を下げた。

7

今日の仕事はいつにも増して辛《つら》かった。荷を降ろしてこれから上方《かみがた》へ戻る船に、飲み水のたっぷり入った樽《たる》を運び込んだ。

重いものを運ぶことには慣れているはずだが、それにしても、水というのは同じ量の鉛が入っているのではと思うほど重い。半日も身体を動かしていると、肩の筋が痺《しび》れて首筋まで硬くなってきた。

だが兵助の足取りは軽かった。

「おとっつぁん、もう私は起きていますよ。目元の手拭いを外してくださいな」

福郎の寝起きの声が耳に蘇る。

起き抜けに福郎が金切り声を上げて泣き出さなかったのは、どれくらいぶりだろうと思った。

「わあ、松次郎先生の言うとおりです。目の前がすっかり輝いて見えます」

上機嫌の福郎を尻目に、兵助は「そらみろ」と里に向かって胸を張り、もっと上機嫌で仕事へ出かけた。

眠りながら目を閉じることができない性質《たち》の者がいるだなんて、思いつきもしなかった。目の渇きのせいで夕暮れには痛みを感じていたことだって、ちっとも気付いてやれなかった。

医者に連れて行ってほんとうに良かったと思った。

物事がうまく進んでいないとき、それを放っておけばどんどん悪いほうへ行く。これまで医者なんてものは高い金を取るだけの気休めだと思い込んでいた。だが胸に巣食う不安がこんなにあっさりと消えてくれるなら、気休めも悪くないと思った。

「おう、戻ったぞ。福郎、いい子にしていたか？」

口笛を吹くような気持ちで戸を開けると、部屋の中はどんよりと暗く感じられた。

福郎が部屋の隅の壁に向き合って、肩を揺らして泣いている。

里はうんざりした顔で、壁に寄りかかって座り込んでいる。

床に、喰いかけの麦飯の残った茶碗《ちゃわん》がひっくり返っている。湯呑《ゆの》みから飛び散った水。破れた本。

「おいっ、こりゃ、どういうことだ？」

思わず怒気を含んだ声が出た。

「見てのとおりさ。まったく、何が気に喰わないんだかねえ」

里が頭を抱えた。里の手の甲に真っ赤なみみず腫《ば》れができていた。

「福郎、てめえ、おっかさんを引っ掻いたのか？」

福郎は振り返らない。

「どうしてなんだ？　お医者に連れて行ってやって、手拭いを目に当ててやって、って、皆がどれだけお前のために……」

怒りで声が震えた。

「おっかさんが悪いのです！　私の本を千切ろうとするから！　そして、ほんとうにびりびりと破いちまうから！」

福郎がいかにも苦しそうに、金切り声で叫んだ。

「おとっつぁんから、目が乾いちまって痛んでいる、って聞いたからだろう。だったら本なんて読んだらいけないに決まっているじゃないか。あんたのためを思って……」

「おとっつぁんもおっかさんも、あんたのため、あんたのため、と言いながら、結局は己のためであります！　私が己の都合のいい姿にならないから、と困っているだけであります。ほんとうに私のことを考えているなら、本を粗末にするなんてそんなことがどれほど愚かなことだかわかるはずです！」

「親に向かって〝愚か〟だと？　何て言い草だ⁉」

兵助は思わず立ち上がった。

大股《おおまた》で福郎のところへ駆け寄ると、ばちんを頬を叩いた。

福郎の身体がぽーんと吹っ飛んだ。

「あんた、やめとくれよ！」

里が兵助の背にしがみついた。

「うるせえ！　いつもいつも、親を馬鹿にしやがって！　今日という今日は許さねえぞ！」

兵助は倒れ込んだ福郎の首根っこを摑《つか》んだ。

と、福郎の大粒の涙がぽとりと手の甲に落ちた。

続いてもっと生温かいものがぽたり。血だ。

はっと我に返った。

大きく鼻で息を吸い、そして吐く。

「着物が汚れるぞ。おっかさんに見てもらえ」

吐き捨てるように言って、福郎の着物の衿首を摑んだ手を離した。

「福郎、平気かい？　あらあら、こんなに鼻血が出て」

里は先ほどまでの仏頂面が嘘のように、おろおろと心配そうな顔でちり紙を手に駆け寄る。声色には兵助を責める響きが窺えた。

結局、俺が馬鹿野郎になっちまった。

兵助はわざと苦虫を嚙《か》み潰《つぶ》したような顔を作って、二人に背を向けた。

これじゃあまるで、親父と一緒じゃねえか。

兵助の脳裏に、己の父親の姿が蘇った。

酒を飲んでは暴れて、家族に暴力をふるうろくでもない父親だった。

人夫仕事を心底恥じていて、こんな仕事は牛馬の代わりさ、などとひとりごちていつも鬱屈《うっくつ》した想いを抱えていた。女房が本を読むのが好きだということに妙に敵意を持っていて、一言でも口答えをしようものなら「俺を馬鹿にしやがって！」と狂ったように騒ぎ立てた。

幼心にこんな姿にだけはなりたくないと思った。

人の嫌がる仕事でも誠心誠意取り組んで、女房子供のことは大切にしようと思った。

だが今の己は、福郎にとってはあの父親と何も変わらないように見えるだろう。

下品で教養がなく、気が短くて暴力をふるう粗野な父親――。

福郎はもう、俺たちの言うことなんて聞く耳を持ちやしねえんだ。福郎にとっちゃ、俺なんて牛馬と同じさ。

兵助は奥歯を噛み締めた。

「なあ、福郎、もう一度、ぐっすり庵の先生に会ってみるか？」

兵助は振り返らずに言った。

「えっ？　松次郎先生のことですか？」

訊き返した福郎の声は、思ったとおり期待に満ちている。

ああ、そうかい。そうかい。松次郎〝先生〟になら己の心をわかってもらえる、って話だな。

兵助は胸の中で雑な声で呟いた。

8

「痼癪を直すのは医者の仕事ではない。己の心の内の問題だ。医者って名がつけば何でも治せると思ったら、大間違いだぞ」

松次郎が冷たい声で言い放った。

「ちょ、ちょっと、先生。せっかく先生を頼って来てくださったのに……」

藍は慌てて割って入った。

兵助と福郎の顔を交互に見る。

「ええ、わかっちゃいるんです。わかっちゃいるんですが、もうこいつは俺たちの手には負えねえんです。賢いお医者の松次郎先生の忠言なら聞き入れるんじゃねえか、って……」

兵助が縋《すが》るような目をした。

福郎は不貞腐《ふてくさ》れた顔のまま、そっぽを向いている。

「先生、福郎くんに少しお話をしてあげてくださいな。先生なら、学問が好きな賢い子供の気持ちはよくわかるでしょう?」

藍は兵助の手前、穏やかな声を出しながら、松次郎をちらりと睨《にら》みつけた。

「学問なあ……」

松次郎が、気の進まない顔をしながら顎に手を当てた。

「おいっ、坊主、どうして癇癪を起こす？　学問が得意だってんなら頭を振り絞って己のことをじっくり考えてみろ」

「そんなの簡単です。おとっつぁんもおっかさんも、何もわからないからです」

福郎が即座に答えて唇を尖らせた。

「おっと、ずいぶんと生意気なことを言うな。いかにも頭でっかちの坊主らしい小憎らしい答えだぞ。こりゃ愉快だ」

松次郎がにやりと笑った。

「お前の考えていることは、私には少しは想像がつくぞ。己を賢いと思い込み、皆が馬鹿に見える。私にもそんな頃があった」

松次郎は意に介さない様子で続けた。

「だがそれは間違っていた。周囲の誰もが馬鹿に見えるときは、そいつこそが馬鹿なんだ。これはとても大事なことだぞ。覚えておいて損はない。逆を言えば、己を馬鹿だと認められたそのときこそ、この世は美しく周囲の皆の情がありがたく思えるもんだ。坊主、お前は『不動坊』って落とし噺の演目を知っているか？　出てくる奴らがみんな馬鹿だ。馬鹿が小賢《こざか》しいことをするからすべてが面白い。知らないならば今から俺が……」

「私は己を馬鹿だとは思いませんっ！」

松次郎のお喋りを遮って、福郎の目が三角形に尖った。

生意気な態度を取ってはいるが、まだまだ子供だ。馬鹿と言われて悔しいのだろう、目頭に涙が滲《にじ》んでいる。

「私は賢く生まれたのですから仕方ないではありませんか！　この家では誰一人、私の才を認める者はおりません。寺子屋のお師匠さまは、私を養子に迎えたいとまで仰ってくださっているのに……」

「おいっ、なんだ、その話は？　初耳だぞ」

兵助が仰天した顔をした。

福郎がはっとした顔をして、口元に掌を当てた。

まずい、と顔を歪めてから、意を決したように兵助に向き合う。

「良い機会ですからお話しいたします。お師匠さまは、私がこのまま人夫になってしまう人生はあまりにも勿体《もったい》ないと仰っています。私は学者になるべき逸材であると……」

「人夫になってしまう、だって!?」

　兵助が震える声で訊き返した。

「兵助さん、どうぞここは穏やかに。福郎くん、さすがに今のは言いすぎだわ。おとっつぁんに謝りなさい！」

　藍は少々強い口調で福郎を諫《いさ》めた。

「学者だって？　やめておけやめておけ、お前みたいな馬鹿には到底無理だ。思い上がるな」

　松次郎がきっぱりと言い切った。

　福郎がぽかんとした顔をして動きを止めた。

「学問というものは修道だ。武術、剣術と何ら変わるところはない。己の心を鍛錬せずに慢心して向き合ったところで、究められるはずがない。親への礼儀も忘れた子供ができることなぞたかが知れているということだ」

　松次郎がそこだけ真面目な口調で言うと、すっと立ち上がった。

「先生、待ってください。今ここで先生に出て行かれてしまったら、兵助さんと福郎くんは……」

藍は悲鳴を上げた。

「お藍、後は頼んだぞ。ここからはお前の仕事だ」

松次郎が、皆に聞こえる声で言い切った。

「……私ですか」

恐る恐る顔を向けると、兵助と福郎の目がまっすぐに藍に注がれている。

怒りと悔しさで真っ赤な顔をした福郎、事態がまだ飲み込めない様子で忙しなく目を巡らせる兵助。

「そうだ、お藍ならば福郎を助けることができる。きっとそうだ、間違いない」

松次郎は断言した。

背後で兵助がごくりと唾《つば》を飲み込む音が聞こえた。

やられた、と思った。

藍は口を開きかけて、言葉を失って、を繰り返しながら、呆然《ぼうぜん》と松次郎を見つめた。

「じきに日が暮れる。今夜は、福郎をここに泊めてやってもいいかもしれないな」

松次郎はちらりと福郎に目を走らせてから、藍に向かってにやりと笑った。

9

「それじゃあ、お藍さん、どうぞよろしく頼んだよ。福郎が生意気なことを言いやがったら、ばちーんと一発頬を張り倒してやってもらって、まったく構わねえからな」

兵助は幾度も振り返りながら夜道を去って行った。

「おとっつぁん、ご心配なさらず。足元に気を付けてお帰りください」

福郎は平気な顔で、兵助の背に手を振った。

「福郎くん、お泊まりなんて初めてでしょう？　ずいぶん落ち着いているのね。寂しくなったら私にちゃんと言うのよ」

藍は思わず声を掛けた。

「私は平気です」

福郎はしれっと答えて踵《きびす》を返した。

成り行き上、藍もぐっすり庵に泊まることになってしまった。大人の藍から見てもお化けが出そうなあばら家なので、福郎の平然とした様子には驚いた。

見送りを終えて福郎と部屋に戻ると、松次郎がねうを膝に載せて、すっかりくつろいだ様子で行燈の灯で本を読んでいた。

ねうが福郎と藍の姿に怪訝そうな顔で首をくいっと傾げる。

「あっ、本だ……」

福郎の目が輝いた。

松次郎が面倒臭そうな様子で、顔を上げる。

「何だ、気になるのか？　お前には読み解くことができない難しい本だぞ。ってこんなことを言えばどうせお前は先ほどの調子で『私はできます！』って大騒ぎするだろうけどな」

「……私は漢字が読めます。大人向けの難しい言い回しだって、慣れっこです」

福郎がむきになったように言った。

「字面や言い回しの話をしているわけではないぞ。〝難しい本〟というのは、それに足る知恵のない者には何のことやらさっぱりわからないようにできた本、という意味だ」

松次郎の案外真面目な答えに、福郎がほうっと息を吐いた。

「ではその本は、どんな知恵を求められるものでありますか？」

福郎の目はきらきらと輝いている。

「一言で答えることはできない。ただ、寝食忘れて幾年も学問に打ち込んでみても、まだ何のことやらさっぱりわからないところがある。今は頭を絞りながら、それを読み解いているんだ」

松次郎はふっと笑った。

「寝食忘れて、幾年も……ですか」

福郎はつい先ほど「馬鹿」と一蹴《いっしゅう》されたことも忘れて、憧れに満ちた目で松次郎を見つめる。

「松次郎先生は、長崎でどんなふうに学んでいらしたんですか？」

福郎の質問に、松次郎はふと遠い目をした。

「お花摘みだ」

「へっ？」

福郎が仰天した声を上げた。

「日がな一日、お花摘みに、草集め。あとは先生の下働きってところだな。蘭学を学ぶ機会なんて、一日のやるべきことがすべて終わった後の話だ。お前が思っているような、でっかい寺子屋に集まって、立派な師匠が手取り足取りすべてを教えてくれる、ってそんな都合の良いものなんてどこにもないぞ」

「ええっ……」

福郎が毒気を抜かれたような青白い顔になった。

「さあさあ、学問の邪魔だ。お前はお藍を手伝ってこい」

松次郎が福郎を手で払った。

「……はい。お藍さん、何かお手伝いすることはありますか？」

福郎は妙に素直に頷いた。

「えっと、それじゃあこれから夕飯の支度をするから、一緒に裏庭に薪を取りに行きましょう。お願いできるかしら？」

「はいっ！　もちろんです！」

福郎は良い声で返事をすると、藍のあとに続いて縁側でいそいそと草履を履いた。

藍はそんな福郎の小さい背を見つめる。

兵助が帰ってから、福郎は人が変わったように生き生きして見える。

当たり前のように本を読む大人のいるこの家が、心地よいのだろう。

松次郎のように打てば響く答えを返してくれる大人の存在は、福郎にはたまらなく面白いに違いなかった。

だが福郎の親は兵助だ。藍は兵助の息子への想いがわかるだけに、下手にこの家で居心地よく過ごさせることが福郎にとって良いことなのか、と案じてしまう心持ちになる。

「外はずいぶん暗くなったわね。福郎くん、足元に気をつけてね。転ばないように」

福郎の手を引いて、裏庭へ向かう。

「平気です。私はフクロウですから。夜のほうがよく見えます」

福郎が真面目な顔で己の目を指さした。

「えっ？」

藍はきょとんとして首を傾げた。フクロウ、と言った福郎の言葉の響きは、空を飛ぶ鳥のフクロウのものだ。

「福郎、フクロウ……。まあ、福郎くんは、お空のフクロウと同じ名だったのね！可愛らしい名ね」

藍はにっこりと笑った。

「……婆さまがつけた名前です」

福郎が決まり悪そうな顔をした。

「婆さまが言っていました。私は目がぎょろりと大きいフクロウ坊やだ、って」

福郎が懐かしそうに口元を緩め、大きな目を見開いた。

「言葉遊びの上手な、素敵なおばあちゃんなのね」

「もうおりません。半年前に亡くなりました」

福郎の声に影が差した。

「そうだったのね……」

藍は福郎の頭をそっと撫でた。

と、福郎の目からぽろりと大粒の涙が落ちた。

「婆さまは、字を書き本を読みそろばんを弾《はじ》くことのできる、賢い女性でした。私が生まれるずっと前、まだ爺《じい》さまが生きていた頃は、女のくせにと煙たがられてずいぶんいじめられたと聞きました。ですから、あの家族の中で婆さまだけが私の気持ちをわかってくれたのです」

「おばあちゃんは福郎くんが学問に没頭することを、応援してくれたのね？」

福郎が、うんうんと幾度も頷く。そのたびにぽたぽたと涙が落ちた。

「亡くなる少し前、婆さまは私にフクロウの人形をくれました。針仕事はあまり得意でない婆さまが、曲がった指で私のために作ってくれた大事な大事な人形です。

ですが私はそれをなくしてしまったんです。雨に濡れてしまったのを日に当てて乾かしていたほんの隙《すき》に、まるで誰かに盗《と》られたかのように忽然《こつぜん》と消えてしまったんです」

「フクロウの人形、ですって？」

藍の頭の隅に何か引っかかるものがあった。

遠くで木の葉ががさりと鳴った。

不穏な羽音がばさばさと響き、まるで「アホウ、アホウ」と嘲笑《あざわら》うかのようなカラスの鳴き声――。

「福郎くん、私、そのお人形、どこにあるか知っているわ！」

藍は福郎の両肩を摑んだ。

「ええっ！　ほんとうですか！」

福郎が大きな目を零れ落ちそうに見開いた。

「そう、間違いないわ。けれど取り戻すには……」

藍は恐る恐る暗い林に目を向けた。

10

「どうして俺がこんな真似をしなくちゃいけないんだ……」

松次郎が悲痛な声を上げた。

頭には頭巾を被り、手には藍と喜代が真冬に外仕事をしていたときに使っていた分厚い綿入れの手袋を二重につけている。

「どうして、って、これこそまさに兄さんの出番ですよ。いつも私がたくさん助けてあげているんだから、こんなときくらい役に立ってもらわなくちゃ。はい、それではこの大きな傘もお使いくださいな。ずっと昔に、おとっつぁんが使っていた大事な傘です。きっと兄さんを守ってくれますよ」

藍は松次郎に骨の折れた傘を手渡した。

「傘なぞ何に使うんだ。それに穴ぼこだらけじゃないか」

松次郎の顔が引き攣《つ》った。

「宝物を持っていかれそうになったら、カラスはきっと怒り心頭に発して襲ってくるに違いありません。そんなときこの傘を使えば……」

「盾の代わりになりますね。カラスの攻撃をかわすのにぴったりです」

福郎が嬉しそうな声を上げた。

「盾だって……？　勘弁してくれ。俺は眠り猫ねうと血を分けた兄弟の平和な男だぞ。戦いなんて大嫌いだ」

松次郎が真っ暗な空を仰いだ。

「松次郎先生、私の大事な大事なフクロウ坊や、どうぞよろしくお頼み申します！」

福郎はぺこりと頭を下げた。

「よろしくお頼み申します！」

藍も福郎の口調を真似て、大きく手を降った。

「どうしても俺がひとりで行くのか？　力持ちのお藍が加勢してくれれば、とても心強いが……」

「あら、私たちはか弱い女子供ですよ。恐ろしいカラスなんてとてもとても。それに夜に出歩くなんて危ない真似はできないわ。夜は寝るものですよ」

藍は福郎と顔を見合わせてくすっと笑った。

「大声で助けを呼んだら、聞こえるようにしていてくれよ。ねうと一緒にぐっすり眠り込んではいけないぞ」

松次郎は、いかにも気の進まない足取りで雑木林に消えた。

「さあ、松次郎先生がカラスと闘っている間に、寝る支度をしましょうか」

藍は福郎のために家から持ってきた掻巻を広げた。

振り返ると福郎は縁側に腰掛けて、松次郎の消えたほうをじっと見つめている。

「フクロウ坊やのお人形、きっと松次郎先生が取り戻してくれるわ」

藍は福郎の横に腰掛けた。

福郎はこくんと頷く。

「……婆さまがいたら、どう言ったでしょうか。学問への理解のない家族には見切りをつけて、お師匠さまのところへ養子に行けと言ったでしょうか?」

福郎はぼんやりとした顔をした。

「このところ私は、どう生きたらいいのかわかりません。息苦しくてたまりません」

福郎が大きなため息をついた。

「兵助さんは、福郎くんのことを大事に思っているわ。それはほんとうよ」

「知っています」

福郎は顔を伏せた。

「おとっつぁんは、誰もが嫌がる人夫仕事に誇りを持って働く立派な人です。ですが、私は生まれつき身体が小さく力も弱く、そして学問が何よりも好きです。おとっつぁんのように生きることはできません。おとっつぁんの人生を真似てみたところで、一生、鬱屈した想いを抱えて生きるに違いありません」

「……難しいお話ね」

藍は頷いた。

「でも、なんだかちょっぴり羨ましいわ」

「羨ましいですって？　いったいどこがですか？」

福郎が不思議そうな顔をした。

藍の胸に両親の姿が蘇る。

千寿園のひとり娘として大事に可愛がってもらったことは間違いない。だが両親の期待は、常に長男の松次郎のところにあった。

藍は賢く優しい兄を自慢に思っていた。松次郎さえ立派になってくれれば、と、両親の夢を己のものと重ねていた。

だが両親の亡くなった今となると、胸を寂しい風が吹き抜ける。

私はずっと側にいたのに、おとっつぁんのことも、おっかさんのことも、ちっとも喜ばせてあげることができなかった、と思ってしまう。

そんな空しさもあって、きっと夢の中で、「おっかさんはいつも兄さんのことばっかり」なんて子供のように駄々を捏ねたのだ。

だが兄さんのことばっかりだったのは、ほんとうは誰よりも藍自身だ。

「己の道を思い悩んでいる福郎くんは、とっても偉いのよ。私はずっと兄さんの陰に隠れてばかりで、ちっとも己の道を進んでこなかったもの」

「己の道、ですか……？」

福郎は思慮深そうな顔で首を僅かに傾けた。

「お藍さんの言葉の意味はおかしいですよ。己の道を進まずに生きている人なんて、この世のどこにもいません」

福郎は、当たり前のこと、というきょとんとした顔をした。

「……そうね、確かにそのとおりね。福郎くんの言うとおりだわ」

藍は福郎に向かって、にこっと笑った。

そのとき、雑木林からカラスの大声が響き渡った。

ばさばさという羽音が、こちらまで聞こえてくる。

「おーい！　おーい！」

遠くから悲鳴に似た声が近づいてくる。

「お藍！　お藍！」

近づくにつれて、藍の名を呼んでいるのだと気付く。

「はーい！　兄さん、お怪我《けが》はないですかー！」

と、林の中から黒い影が一目散に飛び出した。

松次郎だ。

手に握った傘は前にも増してぼろぼろだ。

頭巾を切り裂かれ、髪と着物は乱れて落ち武者のような有様だ。

「お怪我はないかだって？　見たらわかるだろう。カラスって奴があんなに恐ろしいとは思わなかったぞ。まるで鎌《かま》のように尖った嘴《くちばし》で、ざくりざくりと襲ってくるんだからな」

「わあっ！　フクロウ坊やだ！」

福郎が歓声を上げて松次郎に駆け寄った。

「良かった、これで正解か。万が一これじゃないと言われたら、次は甲冑《かっちゅう》を手に入れてもらわなければ絶対に行かないと言い張るつもりだったぞ」

松次郎は手にしっかり握った人形を、福郎にぽいと渡した。

大人の握り拳くらいの大きさの人形だ。フクロウの形に切った布の中に綿を詰めただけの雑な作りだったが、両目玉には美しい硝子《ガラス》玉が縫い付けてある。おそらく福郎の祖母が身に着けていた、帯留めや髪飾りの類《たぐい》を使ったものだ。きらきら輝く硝子玉のせいで、カラスに目を付けられてしまったに違いなかった。

「フクロウ坊や、フクロウ坊やだ。おかえり、よく帰ってきたね」

福郎は礼を言うのも忘れて、人形を胸にひしと抱き締めた。

目にいっぱい涙を溜めて、泥だらけの人形に幾度も頬ずりをする。

「お疲れさまです。お見事でした。さすが私の兄さん、頼りになりますね」

藍は松次郎のぼろぼろになった着物の背をぽんと叩いて、にやっと笑った。

11

朝の冷たい風に、林の葉がさらさらと揺れる。

掻巻を被ってちょこんと横になる福郎に、藍は優しい目を向けた。

「福郎くん、もう朝よ。目元の手拭いを取ってあげるわね。よく眠れたかしら?」

藍が手拭いを取り去ると、福郎は眩《まぶ》しそうに幾度も瞬きをした。
手にはしっかりとフクロウの人形を抱き、口元には穏やかな微笑みが浮かんでいる。

「おはようございます、お藍さん。昨夜はありがとうございました」

ぺこりと頭を下げる。

「フクロウ坊や、見つかって良かったわね。婆さまの想いのたくさん詰まったこの子が一緒にいれば、福郎くんはもう大丈夫ね。さあさあ、兵助さんがお迎えに来る前に朝ごはんにしましょう！」

福郎の落ち着いた様子に、藍はほっと息を吐いた。

福郎の癇癪の理由は、婆さまに貰ったフクロウの人形をなくしてしまったからだったのだ。フクロウ人形が一緒ならば、これから先は家族の中でうまくやっていけるに違いない。

藍は福郎の腕の中の、泥のついたフクロウ人形を見つめた。

福郎の婆さまは、学びの好きな賢い女性だったと聞く。

もしそんな婆さまがまだ生きていてくれたなら、兵助と福郎の仲を取り持ってくれたに違いないと思うと、少し胸が痛んだ。

と、いつの間にか庭先に見覚えのある人影があるのに気付いた。

「悪いな、お藍さん、早く来すぎちまった」

「あっ、おとっつぁん！」

朝の白い光の中に、兵助が居心地悪そうな顔で立っていた。

福郎によく似た真ん丸の目が真っ赤に腫れている。

「まあ、兵助さんですか！　ほんとうに、思ったよりずっと早いお迎えで！　ちょうど今から朝ごはんにしようと思っていたところなんですよ」

まだようやく日が昇ったところだ。藍はきょとんとした心持ちで空を仰ぎ見た。

兵助が済まなそうに肩を竦めた。

「……ちっとも眠れやしねえ」

ぼそりと呟いた。

「えっ？　眠れない、ですって？」

藍は兵助の顔を改めてまじまじと眺めた。

瞼は鳥のように何重にも皺が寄り、目の下には深い隈がある。昨日とは別人のように疲れた顔だ。

「こいつのことが気になって、気になって、一睡もできやしねえのさ」

兵助が乱暴な仕草で福郎を指さした。

「福郎くんはとてもお利口にしていましたよ。この家で癇癪を起こすこともまったくありませんでした。ね、そうよね？」

藍は福郎の顔を覗き込んだ。

福郎は兵助にまっすぐ目を向けたまま、こくんと頷いた。

父と息子はしばらくそのまま見つめ合っていた。

「……それはどうしたんだ？」

兵助が、福郎が抱いたフクロウ人形に目を留めた。

「婆さまがくれたフクロウ坊やです。昨夜、松次郎先生がカラスの宝物置き場から、取り返してくださいました」

福郎がおずおず、という調子で答えて、フクロウ人形を抱き直した。

「見覚えがあるぞ。婆さんの手作りだな。あの頃婆さんは、もう自分は先が長くないってわかっていたから、苦手な針仕事でお前のために人形を作ったんだ」

兵助が懐かしそうに目を細めた。

「あの家の中で、お前の学問の才を認めてくれたのは婆さまだけだったな。フクロウ人形が見つかって、胸の中は平穏になったか？」

兵助は大きなため息をついた。

「昨夜一晩、お前のいない家の中で寝ずに考えたさ。今頃お前はうるせえ親父から離れてどれほど幸せに過ごしているんだろう、って思ったら、なんだかふっと身体中から力が抜けちまう気がしてな」

「兵助さん、そんなこと……」

藍は思わず口を挟んだ。大きく首を横に振る。

「寺子屋の師匠の家に養子に行くって話があるんだろう？　もしもお前がそうしたいんだったら、おとっつぁんはそれで構わねえ。松次郎先生ってのは、なんか弱っちい人だけどな、けど学問をやってりゃ、あの人みたく役に立つ先生になれるかもしれねえんだろ？　お前がそれで幸せなら、それが一番だ」

言いながら、兵助の両目から涙がぽろぽろ零れ落ちた。

「私が幸せなら……でございますか」

福郎がフクロウ人形を強く抱いた。

「ああ、そうさ。お前は、俺とは違う。お前の好きな道を行くのが幸せだ」

兵助の丸っこい鼻から洟水《はなみず》がぽたりと落ちた。

福郎が腕の中のフクロウ人形の顔を覗き込んだ。それから兵助の顔を見上げる。

そんな仕草を幾度も繰り返した。

と、ふいに福郎が兵助に歩み寄った。

「私は、養子になぞ行きません」

福郎の大きな目に涙がいっぱい溜まっていた。両腕を広げて兵助にしがみつく。

「私の父は、生涯おとっつぁんただ一人です。どんな道を行こうとも、おとっつぁんを悲しませては意味がありません。だからこそ、私はあれほど苦しんでいたのです。おとっつぁんが好きだからこそ、ひと時たりとも側を離れたくないからこそ、おとっつぁんに私の進む道をわかって欲しくて苦しんでいたのです。――あれっ？」

どこまでも真剣な口調が急に止まった。福郎がふわっとあくびをした。

瞼が重そうに落ちかけては、びくりと元に戻る。

福郎の顔は血の気が引いてまるで紙のように白い。

もう一度あくびをする。

大あくびをするたびに、福郎の瑞々《みずみず》しい顔が一回り萎《しな》びて見える。

藍はあれっ、と首を傾げた。

「福郎くん、もしかして昨夜、眠れていなかったの？　嫌だ！　目元に手拭いをしていたから、ちっとも気付かなかったわ」

寝る前に福郎の目元に手拭いを当ててやってすぐ、胸元のフクロウ人形をひしと抱き締めて静かになった。ぐっすり眠っているとばかり思っていたが、考えてみるとこの年頃の子供が朝まで微動だにしないだなんておかしい。

「お藍さん、すみません。ご心配をかけてはいけないと思い、黙っておりました……」

言いながら福郎の瞼はゆらりゆらりと落ち、いつの間にか開いているのがやっとという有様だ。

「福郎、おいっ、大丈夫か？」

兵助が福郎をひょいと抱き上げた。

と、その刹那《せつな》に福郎の瞼がぴたりと閉じた。ほんの一呼吸で鼾混じりの深い寝息に変わっている。

「ほんのちょっと前までずいぶん偉そうな御託《ごたく》を並べていたくせに、あっという間に寝ちまったな……」

兵助が目を白黒させて、腕の中の福郎をじっと見つめた。

「お藍さん、見てくれよ。開きっぱなしだったって瞼も、ぴったり閉じているぜ」

兵助が泣き笑いの表情を浮かべた。

「福郎くん、お父さんに会いたかったんですね。フクロウ坊やが戻ってきても、おとっつぁんが側にいてくれなくちゃ駄目なんです」

藍も福郎の寝顔を覗き込んだ。

福郎は唇を半開きにして安心しきって眠り込んでいる。身体中の力が抜けて、瞼はぴたりと閉じている。

昨夜、二人で縁側で語り合った光景が胸を過《よぎ》った。

「己の道を進まずに生きている人なんて、この世のどこにもいません」

まっすぐにこちらを見た福郎の真剣な顔が蘇る。

福郎くんはいちばん大事なことに気付いていたのね。

藍は胸の中で小さく呟いて、くすっと笑った。

きっと福郎と兵助はこれから先も節目節目で、散々やり合うことになるに違いない。

我が強く一本気で、己の道にまっすぐに向き合う。そのくせお互いのことを何よりも大事に思っていて、気になって仕方がない。

福郎と兵助、顔も気性もこれほどよく似た親子はそうそういないだろう。

眠りこける福郎の手から、フクロウ人形がぽとりと落ちた。

「おうっと、いけねえ！」

兵助が福郎を抱いたまま、片手でフクロウ人形を拾い上げた。

福郎の力の抜けた腕の中に、幾度も形を直しながらぎゅっと押し込む。

福郎の口元がいかにも満足そうにふわりと緩んだ。

その参

ずっと昔から、猫は眠りの達人だった？

藍と松次郎の愛猫、眠り猫のねうは、誰にでも人懐っこくて、いつでもどこでも眠れてしまう眠りの達人です。

そんなねうの命名の由来にお気づきの方もいらっしゃるでしょうか。

源氏物語『若菜上』に出てくる、有名な猫のエピソードです。

女三宮と柏木の恋模様の中、女三宮の飼い猫が「ねうねう（寝よう寝よう）」と鳴く姿に、柏木は（なんと明け透けなことを言う猫だ……）とたじたじとなります。

猫としては、「いい子、いい子」と妙に優しくしてくれるお兄さんに、ただいつもの可愛《かわい》らしい声で鳴いただけに違いありません。

ですが、当時の人には猫の鳴き声が「寝よう、寝よう」と言っているように聞こえていたと知ると、いつも大あくびで昼寝ばかりしている猫たちの平和な姿が目に浮かぶようですね。

ちなみに歌川国芳《うたがわくによし》が歌舞伎狂言の演目を猫に演じさせた浮世絵『流行猫《はやりねこ》の狂言づくし』で口上を述べる猫は、「口上さやうにゃぐにゃぐ」と深々と頭を下げています。

「ねうねう」も「にゃぐにゃぐ」も、そして現代の鳴き声「にゃあにゃあ」も、試しにこっそり口に出してみると、ふわっと眠気が訪れる不思議な呪文《じゅもん》です。

第四章　うなぎ

1

冬の寒さがこのところ急に和らいできた。まだまだ風は冷たいが、日差しに春の温《ぬく》もりを感じる日も増えた。

飛鳥山の桜が咲くまではまだもう少しかかるが、千寿園は花見客を見込んだ茶葉の摘み取りで大忙しだ。千寿園の○に千の屋号の描かれた大きな籠《かご》を背負い、たすき結びで袖をまとめた茶摘み娘たちが茶畑に出て汗を流す。

まだ寒いうちに摘み取った茶葉で淹《い》れるお茶は、上等なお茶に特有の深い苦みは少々足りない。だがあっさりとした軽い飲み口で甘味があるため、花見の女性客には飲みやすいと好評だ。

そんな冬の終わり。干し柿のようにとろりとした橙色の夕焼けに染まるぐっすり庵では、千住からやってきた久が、松次郎を相手に厳しい顔で何やら説き聞かせていた。

「煮え立つ湯ではいけません。ごぼごぼとあぶくが出てしまったら、しばらく冷ましておかなくてはいけませんよ」

久が、厳《いか》めしい顔で人差し指を一本立てて見せる。

「煮え立つ湯はいけない……となり。そうか、なるほど。わかったぞ。ところでお久の言う、しばらく冷ます、のしばらくってのは、いったいどのくらいだ？　百まで数えれば十分か、それとも、二百か、三百か？」

松次郎が帳面に筆を走らせながら、身を乗り出した。

「そんな大事なこと、たった一言では申し上げられません。湯の熱さ、季節、各々の数を数える速さにも関わります。それこそ己の裁量とでも申しましょうか。松次郎ぼっちゃんは、何事も理詰めで考えようとしすぎます。長崎からお戻りになってからずいぶん物腰が丸くなって安心しておりましたが、根っこのところはお変わりありませんね」

久が急須の蓋《ふた》を開けて、ぎろりと横目を向けた。

「そ、そんなに怒らなくても良いだろう。お久が恐ろしいのも相変わらずだな」

松次郎が肩を竦《すく》めた。

「ちっとも怒ってなぞおりません。こればかりは、その身で覚えるしかないということです」

久が急須に茶筒の茶葉をぱっと放り入れて、薬缶《やかん》の湯を注ぐ。湯の中でじんわりと広がっていく茶葉を見つめる顔は真剣だ。

「こんなもんでしょうかね」

「湯を入れてから茶葉が開くまでは、百十七、っとな」

松次郎が久には聞こえないくらいの小声でこっそり呟《つぶや》いて、素早く帳面に書きつけた。

茶畑の青い葉の匂《にお》いとは違う、どこか香ばしくてほんのりと甘いお茶の匂いが部屋中に広がっていく。

「わあ、いい匂い。お久さんが淹れてくれたお茶の匂いだわ」

藍はうっとりと目を細めた。

ふいに元気だった頃の喜代の姿が、胸の中で蘇《よみがえ》る。

「そろそろ一休みしようかね」なんて頭の手拭《てぬぐ》いを取って、縁側に腰掛けるおっかさん。手甲を着けた手で熱い湯呑《ゆの》みを握り、ずずっと茶を啜《すす》る。「ああ、美味《おい》しい」と漏らした声までが耳元で思い起こされる気がした。

「同じ茶葉を使っても、湯の熱さによって出来上がりは違います。もっと冷ました湯を使うと、香りが落ち着く代わりに旨味《うまみ》が引き立ちます。もしも、うんと香りだけを際立たせたいならば煮え立った湯を使う手もありますが、それではちっともお茶の味が生きません」

久の言葉を、松次郎は一言一句聞き逃さないように、とでもいうような真剣さで書きつけている。

「その絶妙な加減が、お久さんの淹れてくれるお茶なのね。お久さんのお茶は、飲むと喉《のど》が潤って身体《からだ》が温かくなってすごくほっとするの。でもそれだけじゃなくて、なんだか頭の中がすっきりして目の前がきらきらして見えるような気がするのよ。早く飲ませてちょうだいな」

藍が久に甘えるように両手を前に出したところで、

「駄目だ。これは俺の大事な研究だ」

と、松次郎の冷たい声が聞こえた。

「えっ？　どうして？」

藍は呆気《あっけ》に取られてぽかんと口を開いた。

「俺たちには、美味《うま》い茶を淹れてもらってのんびり語り合おうなんて暇はないぞ。どうしてわざわざ、お久を千住宿から呼びつけたと思う？　このところ俺の研究は己でも呆《あき》れかえるくらいうまく行っていない。桜島の噴煙のような濃い暗雲が立ち込めて、先行きがまったく見えなくなっているところだ」

松次郎は言葉に反して、ちっとも悲壮な様子もなく胸を張る。

「研究、って、あの、ねうと一緒にそのへんにある葉っぱを集めているだけのこと？　傍《はた》から見ていると、兄さんがそんな深刻な研究をしているとは到底思えないけれど……」

せっかく久が淹れてくれた美味しいお茶を飲むのを楽しみにしていたのに。

藍がぷうっと頰《ほお》を膨らませると、松次郎の後ろで久がこっそりと背後を指さしているのに気付いた。

久は台所に目を向けると肩をちょいと竦めて、「ちゃんと用意してありますよ」という目で頷《うなず》く。

藍は思わずにんまりと笑みを浮かべそうになるところを、慌てて押し留《とど》めた。

久しぶりに顔を合わせる久の無愛想な姿に、淹れたてのお茶の匂い。なんだか昔に戻ってほっと心が和んだような気がした。

「お藍は、なかなか目の付け所が良いな。そのとおり、己ひとりで学びを究めるのは難しいんだ。いくら立派な志を胸に抱いて研究をしようと思っていても、いつの間にか手慰みに作り始めたはずのねうのおもちゃが、売り物になるくらい見事な作りになってしまう」

松次郎は久と藍の目配せにはちっとも気付かない様子で、壁に目を向けた。

壁には草を編んで作ったねうのおもちゃが、いくつも掛かっている。

長い組紐の先には、鼠《ねずみ》や蝶《ちょう》や鳥の形をしたこれもまた草でできた手の込んだ人形が括《くく》り付けられていた。

「あう？」

名を呼ばれたと思ったのか、ねうが廊下からひょこんと顔を出した。漂うお茶の匂いに不思議そうな顔で鼻をひくひくさせてから、なんだ遊んでくれないならつまらん、とでもいうようにぷいっと踵《きびす》を返す。

「お久、助かったぞ。それではこれからお久がやって見せてくれたものとまったく逆をやってみよう。ごぶらごぶらと煮え立つ湯に茶葉を放り込んでみたり、凍るように冷たい井戸水に漬けてみたり……」

松次郎は何やらもごもごと口の中で呟きながら立ち上がった。何か難しいことを考えているのか、襟足を掻《か》き毟《むし》るようにぼりぼりとやる。

「そういえば、今日は松次郎ぼっちゃんにお願いしたいことがございます」

と、久が松次郎の背に声を掛けた。

「何だ？　面倒な話ならば後にしてもらえたら嬉《うれ》しいが……」

松次郎は己の頭の奥を見ているのか、目玉を上に向けて気もそぞろな顔だ。

「残念ながら面倒な話でございます。ですが、わざわざ千住から研究のお手伝いに参りました故、どうぞ松次郎ぼっちゃんも、このお久の頼みをお引き受けいただければと存じます」

久が有無を言わせない口調でぴしゃりと答えた。

「そ、それもそうだ。頼みっぱなしはよくないな。勝手を言って済まなかった。ぜひとも話を聞かせてもらおうじゃないか」

普段は好き勝手気ままに振舞っている松次郎も、久の厳めしい様子にはめっぽう弱い。子供のように気弱そうな目をして向き直った。

「近いうちに、ぐっすり庵に患者が参ります。うちの水茶屋で働いてくれている、お市《いち》という女です。二十も半ばで水茶屋の娘にしては少々年嵩《としかさ》ではありますが、大層な別嬪《べっぴん》でうちの看板娘です」

「なんだ、そんなことか。患者ならいつでも歓迎だ。何せここは養生所だからな。患者が来なくては始まらない。それも別嬪というなら大の大歓迎だ。いやあ、いつも済まないな」

松次郎が明らかに安心した様子で、ほっと息を吐いた。

「お市は、幽霊が見えると申しております」

続いた久の言葉に、松次郎がうぐっと唸《うな》る声が聞こえた。

「こんな冬場に幽霊ですって？　いったいどんな？」

藍は素《す》っ頓狂《とんきょう》な声で訊《き》き返した。背筋がぞくりとした。

「別れた亭主の幽霊が出る、と申しております。夜になると枕もとに別れた亭主が現れて、じっとお市の寝顔を窺《うかが》っているそうです」

「その別れたご亭主、って方は、もちろん亡くなっているんですよね……？」

藍は恐る恐る訊いた。

「そりゃ、幽霊っていうくらいでございますからね。そのあたりを元気いっぱい歩き回っている生身の人とは違いましょう」

久はちっとも怯《おび》えた様子を見せず淡々と答える。

「そのお市って女は誰かに恨まれていないか？　落とし噺《ばなし》じゃあ、幽霊なんてもんはだいたいが、近所の誰かが生意気な仲間をとっちめるための悪戯《いたずら》って決まりだ。幽霊なんているはずないさ。いるわけがないさ。なあお藍、そうだよな？　幽霊なんて、この世のどこにも、決して決していやしないよな？」

言葉の調子に妙なものを感じた藍がちらりと見上げると、松次郎は青白い顔で引き攣《つ》った薄笑いを浮かべている。

そういえば兄さんは、小さい頃、妖怪《ようかい》や幽霊が出てくる話が大嫌いだった。今もぜんぜん変わっていないのね。

藍は先ほどのひやりとした心持ちも忘れて、思わずくすっと笑いそうになった。

「ええ、そうですとも。幽霊なぞどこにもおりません。そんなことはこのお久が請け合いますよ。賢い松次郎ぼっちゃんでしたらそんなこと百も承知でしょう」

久が力強く言い切った。

藍は唇の形だけであっ、と声を上げる。

ずっと昔、夜中に厠《かわや》へ行くのが怖いと泣いていた幼い松次郎を宥《なだ》めた、久の言葉だ。

あの頃の久はまだ十五にもならない若い娘だったはずだ。だが、きっぱりと「幽霊なぞどこにもおりません。このお久が請け合いますよ」と言い切る姿は、兄妹にとってずいぶんと頼もしく感じたのを思い出す。

「そ、そうだな。そうだ。お久の言うとおりだ。幽霊なんていないぞ。俺は知っている。当たり前だ。幽霊なぞいない」

松次郎もはっと我に返った顔で、慌てたようにうんうんと頷いた。

「お市は少々我の強い女ではありますが、お茶の淹れ方や客あしらいなど、さすがと舌を巻く勘の良さを持っています。うちの店は、お市が萎《しな》びてしまっては立ち行きません。どうぞお市をお救いくださいませ」

廊下の奥の暗がりで、ねうが何かに驚いたように「きゃっ」と鳴き声を上げて、一目散に駆けて行った。

2

裏長屋の路地を糸のように細い三日月が照らす。凍りそうに冷たい風がごおおと吹き抜ける。

昼に感じた春の訪れがまるで嘘《うそ》のようだ。暗くなるとまだまだ居座る厳しい寒さが、道行く人の身体を芯《しん》まで冷やす。

「ああ、寒い寒い。耳たぶが凍っちまいそうだよ」

市は分厚い手袋をはめた両手で顔を覆った。幾度もはあっと息を吐いて頰《ほ》っぺたを温めてから、すっかり感覚がなくなった耳たぶを溶かすように、親指と人差し指でゆっくり揉《も》む。

千住宿の水茶屋で仕事を終えた帰り道だ。仕事場から長屋の部屋まではほんの目と鼻の先だったが、日がとっぷり暮れるまで客の間を駆け回ったせいで、両足がずしんと重く感じられた。

「ただいま。今、戻ったよ……ってね」

誰もいないとわかりきっている部屋の中に向かって声を掛けるのは、長年のひとり暮らしで身に付けた用心の知恵だ。

部屋の戸を開けると、そこは川底のように冷え冷えとしていた。昼もほとんど日が当たらない北向きの部屋なので、こんな寒い日は外のほうがいくぶん暖かく感じられるほどだ。

市は両手を擦《こす》り合わせながら、火の入《い》っていない火鉢にちらりと目を向けた。いくら寒くとも一晩中火鉢に火を点《つ》けておくわけにはいかない。万が一、火事にでもなったら大ごとだ。ひたすら寒さが身に染みるこんな夜は、早く寝てしまうに限る。

市は手早く寝間着に着替えると、暗闇の中で掻巻《かいまき》に包《くる》まった。

天井を見つめてふうっと息を吐いた。

古びたこの長屋は柱が傾いているので、あちこち隙間風《すきまかぜ》が入り込む。窓の外から千住宿の喧騒《けんそう》が漏れ聞こえてきた。

芸者の太鼓の音、どっと盛り上がる笑い声、時折誰かの怒鳴り声。人のざわめきが波の音のように響く。気持ちの華やいだ旅人たちは、この寒さをものともしない。

「さあ、もう寝よう。今日はへとへとにくたびれたよ」

己に言い聞かせるように呟いた。

暗闇で幾度か寝返りを打ってみたが、手足がむずむずしてうまく寝付けない気がする。

寒いせいか、と掻巻の上に夜着を重ねる。

次に身体を起こし、土間の水瓶《みずがめ》から柄杓《ひしゃく》に一杯水を飲んでみた。すっと気が落ち着いて再び横になるが、今度は掻巻から覗《のぞ》いた耳たぶだけが妙に冷たいのが気になってならない。

手拭いを使って頭巾《ずきん》を作ってみる。頭にすっぽり被《かぶ》ってみると、これが案外、外の音が聞こえないのが心地良かった。

「やれやれ、これでようやく寝られそうだよ」

市はうんうん、と頷いて、薄《う》っすらと笑みを浮かべた。

市は昔から寝つきの良いほうではない。枕が替わると眠れず、搔巻が替わると眠れず、暑いと眠れず、寒いと眠れない。千住宿を訪れる旅人たちのように、毎日宿が替わる長旅なんてもってのほかだ。

寝る前はこうやっていつも四半刻《しはんとき》ほど、そわそわと落ち着かない時を過ごすのが決まりだった。

だが今夜はいい調子だ。

両目を閉じると池の水面に小石が落ちたような、真夏の入道雲のような、柔らかい波紋が目の前に広がっていく。身体中の力がすうっと抜けて、意識が途切れては戻り、だんだん途切れる時が長くなっていく。

と、ふいに嫌なものを思い出す。

幽霊。

八郎《はちろう》の幽霊が、こちらをじっと見ている。

その表情は闇に沈んでいた。まるで真っ黒に塗りつぶしたお面を被ったような顔だ。

ぞくりと胸が震えた。

「ああっ！　もうっ！」

市は思わず舌打ちをした。掻巻を放り投げるように取り去って、半身を起こす。今日こそは何事もなく眠れるかもしれないと思っていたのに。

と、ただならぬ気配を感じて、恐る恐る振り返る。暗闇に目を凝らすと、枕もとに人影がはっきり見えた。

「やっぱりあんたかい。今夜もそこにいたんだね。いったい私をどうしようってんだい？」

市は八郎の幽霊に向かって、力ない声を掛けた。

始まりは数日前の夜だった。

その日は馴染《なじ》みの客と水茶屋が終わってから近くの一杯呑み屋に行き、久しぶりにいい気持ちで酔っぱらって帰ってきた。

怪しい足取りでどうにかこうにか家に辿《たど》り着いたが、そのまま草履だけ放り出すように脱ぎ捨てると、着替えもせずに表を歩いてきたままの格好で寝込んでしまった。

夜中にふと寝苦しくて目が覚めた。

すると真っ暗闇の枕もとに、ちょこんと座った男の姿があった。ずんぐりむっくりの身体の丸まった背には見覚えがあった。

「あんた八郎じゃないか。いったい何しに来たんだい？」

市は寝ぼけた声を出した。

姿を見たそのときに、これは幽霊だとすぐにわかった。三月ほど前に、別れた亭主の八郎が流行《はや》りの病で死んだらしいという噂《うわさ》を聞いていたのだ。

だがたっぷり酒が残っていたせいか、不思議と悲鳴を上げるような恐怖は感じなかった。

何よりも市の頭の中にあったのは、この男がどうして今さら私のところに、という怪訝《けげん》な気持ちだ。

市と八郎が別れてからもう六年も経《た》っていた。二十三の市にとって六年といえばはるか遠い昔のことだ。別れ方が別れ方だったので、それから今までの間に二人が顔を合わせたことはただの一度もない。

それに八郎が何か思い残したことがあるというなら、死んですぐに、せめて市が八郎が死んだという知らせを聞いてすぐに、化けて出れば良いはずだ。

八郎の死を知ってから幽霊が現れるまでに三月も間が空いたと思うと、恐ろしいというよりも狐《きつね》につままれたような不思議な気分になった。

「どうして……？」

八郎はただ市の寝顔を窺うように、こちらを見下ろしている。

ひゅーどろどろ、と人だまを漂わせて市に襲い掛かるわけでもなければ、「うらめしや」と恨み言を言うわけでもない。

ただそこで身じろぎ一つせずに、いつまでもじっと座っていた。

3

「幽霊なんていないぞ。俺は幽霊なぞ、決して、少しも、信じちゃいないぞ」

松次郎が両腕を前で組んで、拗《す》ねた子供のような顔をした。

ぐっすり庵に通されて開口一番、そんなことを宣言されて、市はきょとんと目を丸くしている。色白細面《ほそおもて》で整った顔立ちの艶《つや》っぽい別嬪だが、きっと結んだ唇は久の言ったとおりなかなか我が強そうだった。

「そんなことを言われましても、私はこの目で見たんですよ。あれは、間違いなく別れた亭主の八郎です」

市は己の目元を指さして、首を大きく横に振る。

「幽霊が現れるときの様子を教えてください」

明らかに及び腰の松次郎に代わって、藍は訊いた。

市は「ええ、それがね、聞いてくださいよ」と身を乗り出した。

幽霊に怯えて憔悴《しょうすい》し切った女がやってくるかと思っていた藍は、少し拍子抜けした気分だ。

「現れる時には決まりがありません。ただ、寝苦しくてふと気付くと枕もとに座ってこっちを見ているんです。何も言わず動くこともなく、ずーっと私の顔を見ているんですよ。しばらくするとふっと消えていきます。こんなんじゃろくに眠られやしませんよ」

「幽霊は、どんな顔をしているんですか？　悲しそうですか？　それとも怒った顔……」

「顔は見えないんです。木の洞《うろ》の中みたく真っ黒なんですよ。黒いのっぺらぼうとでも言ったらいいんでしょうかね」

藍は頭の中で想像した幽霊の姿に、思わずぞくりと身を震わせた。

「そ、そうですか。それはなかなか恐ろしい姿ですね」

そんな幽霊が毎晩枕もとに現れて、市はよく正気を保っていられるなあ、と思ってしまう。藍だったら枕もとに黒いのっぺらぼうの幽霊が現れたら、間違いなく悲鳴を上げて泣いて大騒ぎだ。「ろくに眠れない」なんて言葉では済むはずがない。もう二度とその部屋には戻りたくもない。

松次郎を横目でちらり、と窺うと、口を真一文字に結んで険しい顔をしている。額に脂汗が滲《にじ》んで、膝《ひざ》の上の拳《こぶし》が震えるほど力強く握られているとわかる。

松次郎の前に市の言うとおりの幽霊が現れたら、おそらくその場で泡を吹いて卒倒するに違いなかった。

「恐ろしい姿？　ええ、確かにそのはずなんですけれどねえ。これは八郎だ、って思うと、どうにも怖くは思えないというか。まあ一応、夫婦だった頃があるからなんでしょうかねえ」

市が片頬に掌《てのひら》を当てて、はて、と怪訝そうな顔で天井を見上げる。

「お市は、その八郎という男にまだ未練があるんだろう。だから八郎が死んだと聞いて、せめて一目会いたかった、という想《おも》いが高じて夢に出るようになったんだ。幽霊なんていないさ。そうだ、そうだ、そうに決まっている」

「私が、八郎に未練があるですって?」

市の顔つきが変わった。鋭い目でぎろりと松次郎を睨《にら》む。

「ち、違うのか。なら悪かった。俺はとりあえず、あり得る出来事の一つを示してみたまでで……」

松次郎が焦った様子で両掌を見せた。

「八郎ってのはね、本当に面倒くさい男でしたよ。ずいぶん若い頃、ほんの僅《わず》かな間とはいえ、あんな男と所帯を持っちまったのは私の大失敗です。八郎に想いが残ってるなんてことは、万に一つもございませんよ」

市は急に太い声になると、腹立たしくてならないというように、己の太腿《ふともも》をぴしゃりと叩《たた》いた。

今から六年前。娘盛りの市のところへは、千住小町の噂を聞きつけて、お江戸中から引きも切らずに男が集まってきたという。

その中で、格別に遊び馴《な》れた様子の見た目が洒落《しゃれ》た男がいた。これがとんでもなくたちの悪い遊び人だと気付いたときには、手遅れだった。さんざん金をたかられて浮気に泣かされて、襤褸雑巾《ぼろぞうきん》のように雑な扱いを受けることにも慣れ切った頃に、ほかに好きな女ができたとあっさり捨てられた。

生まれて初めて恋した男に手ひどく振られた胸の傷は、じくじくと膿《う》んだ。日々、いっそ命を絶ってしまおうかというくらい思い詰めた。

ちょうどそんな時に現れたのが、五つ年上で、市を目当てに水茶屋に通い詰めていた八郎だ。

八郎は見栄えこそぱっとしなかったが、市の我儘《わがまま》をすべて聞いて、何でも言いなりになってくれる男だった。市が涙ながらに言い募る振られた男への恨みつらみでさえ、嫌な顔ひとつせずにいつまでもうんうんと聞いてくれた。

「お市はこの世でいちばんいい女さ。それがわからねえ馬鹿野郎のことなんて放っておけよ」

そんなことを言って慰めてくれた八郎にふらりとよろめいてしまったのは、今となっては若気の至りとしか思えない。

そんないびつな形で始まった二人の仲は、当然、うまくいかなかった。

所帯を持った途端、八郎は急に市の亭主面をするようになった。

水茶屋での仕事にいい顔をしなくなった。これまで喜んで聞いてくれたはずの嫌な客の愚痴などを零《こぼ》すと、「人の女房を馬鹿にしやがって、俺が話をつけてくる」なんて物騒なことを言う。

煙《けむ》たくなって女友達のところに逃げ出すと、血眼になって探し当てて、まるで家出娘のように皆の前で引っぱたかれて大恥をかいた。

亭主になったのだから、亭主面は当たり前といえば当たり前のことなのだが、その頃まだ十七だった若い市からすると、これでは話が違う、となる。

八郎の市への執着は留《とど》まることを知らず、次第にまともな仕事にも就かずに、水茶屋の店先で市の働くところを二六時中見張っているようになった。

結局、このままではお互いのために良くないと、水茶屋の主人に間に入ってもらう形でどうにかこうにか別れたのだ。

「私と別れてから、八郎は千住を離れてお江戸で暮らしていたようです。風の便りじゃ、いろんな職を渡り歩きながらその日暮らしを続けていた、ってね。けれど私にはもう何の関わりもない人ですからね。死んだって聞いたときも、ああそうか、と思っただけです」

市が情のないあっさりした口調で言った。

「今のお話を聞いていると、想いが残っているのは八郎さんのほうみたいですね。

八郎さんは、遠い昔に別れたお市さんに会いたくて……」

「駄目だ、駄目だ。お藍の意見には反対だ。もしそうだとしたら、八郎の幽霊は本物だということになってしまう。幽霊なんてものはこの世のどこにもいないと、何度言えばわかるんだ」

松次郎がぶんぶんと首を横に振った。

「ごめんなさいね、お市さんの言葉を疑っているわけじゃないんですよ。うちの先生はうんと怖がりなんです。幽霊なんて言葉を聞いただけで、ちっちゃな子供みたいに……」

藍は肩を竦めて、市に向かって目配せをした。それを聞いた市は松次郎の顔をじろじろ眺めてから、藍と顔を見合わせてぷっと噴き出す。

「ならばお藍、お前に頼んだぞ」

松次郎がむっとした顔で言った。

「頼んだぞ、って何をですか?」

「お市の家に行って、幽霊を見てきてくれ。俺は残念ながら行くことができない。なぜならお藍の言うとおり、俺は幽霊が心底おっかないからだ。夜中に厠に行こうとしたら、真っ黒いのっぺらぼうの顔をした死んだ男の幽霊が廊下の向こうからだーっと駆けてきて、背中にぴたりと張り付いたりでもしたら……」

「ちょっと、兄さ——先生！　わざと怖がらせるようなこと言うのはやめてくださいな！」

藍は松次郎をきっと睨んだ。

「ではお藍さん、どうぞ見にいらしてくださいな。八郎の幽霊、ほんとうに私のところに現れるんですから」

市は、八郎、と名を口にしたところで、心底面倒臭そうに鼻先に皺《しわ》を寄せた。

4

「それじゃあお藍さん、おやすみなさい。どうぞ我が家だと思って、ゆっくり休んでくださいね」

市が行燈《あんどん》の灯をふっと吹き消した。

「あ、はい。おやすみなさい。お市さんもぐっすり眠れますように」

藍は強張《こわば》った声で応じた。

真っ暗な天井を見つめて、ここは幽霊が出る部屋だ、なんて思うと眠気はどこかに吹っ飛んでしまう。

　市の部屋は、ずいぶん底冷えのする寒い部屋だ。おまけにどこからか流れ込む隙間風で顔の周りのおくれ毛が微《かす》かにゆらゆら揺れる。鼻の頭が冷え切って痛い。搔巻に包まれているはずの爪先《つまさき》も、感覚がなくなってしまうくらい凍っている。

　藍は市に貸してもらった搔巻を鼻のあたりまで深々と被った。大人の女らしい香の匂いが漂う。

　市はしばらくの間、忙《せわ》しなく寝返りを打っていた。

　搔巻を取ってみたり、もう一度被ってみたり、水を飲みに行ってみたり、手拭いでほっかむりを作ってみたり。

　が、それも四半刻ほどのことだった。ふいに静かになったかと思うと、男のように野太く低い鼾《いびき》の音が聞こえてきた。

　市の艶っぽい美しさと大きな鼾の音は、あまりにも不釣り合いだ。藍は思わず、くすっと笑みを漏らした。今夜はこの呑気《のんき》な鼾の音を聞きながら、長い夜を明かすことになりそうだ。

　窓の外から漏れ聞こえる、千住宿の喧騒に耳を澄ませる。すっかり夜が更けたというのに、眠らない宿場町ではまだまだたくさんの人が大騒ぎだ。

うるさくてちっとも眠れないと感じてもおかしくないような場所だが、人の気配に不思議と心が落ち着く。特に、今宵《こよい》のように幽霊を待ち構えている不穏な夜は、人いきれが立ち込めるような騒々しさは、かえって心強かった。

と、市の鼾の音がぴたりと止まった。

ひっ、と息を呑むような声とともに、市が跳ね起きる。

「お市さん、どうしましたか？」

藍は仰天して声を掛けた。心ノ臓が、どきどきと破鐘《われがね》のように鳴っている。

「……いるんだよ」

市が掠《かす》れた声で呟いた。

「えっ？　幽霊が、ですか？」

藍の全身にざわっと鳥肌が立つのがわかった。素早く周囲を見回す。だが幽霊らしき人影なんてものはどこにも見当たらない。ずいぶん長い間天井を見つめていたので、目は暗闇に慣れている。

「平気ですよ、どこにも何もいませんよ」

市に駆け寄って囁いた。

「いるじゃないか、ほら、そこに」

市はぼんやりとした口調で、己の枕もとを指さす。

市の人差し指が示す先に顔を向けても、藍には何も見えない。

「八郎、あんたまたここに現れちまったんだね。いったい何の用なんだい？」

市が頭を振りながら言った。

「お市さん……？」

いったいどうしちゃったんですか、という言葉を、藍はどうにかこうにか飲み込んだ。

市は、藍がどれほど目を凝らしても何も見えない暗闇に向かって語り掛けている。

「今日は、こちらのお藍さんが来てくれているんだよ。私が眠るのを邪魔する、あんたのことを追っ払うためにね。挨拶くらいしたらどうだい？　なんだい、相変わらずそこでただ座っているだけで何もできやしないのかい。お藍さん、失礼をごめんなさいね」

暗闇の中で市が藍に向かって頭を下げた。

「い、いいえ。お気になさらず……」

と、思わず身を引きながら市に調子を合わせてから、藍は、いけない、いけない、と思い直す。

「お市さん、しっかりなさってくださいな。ここには誰もいやしませんよ」

素早く立ち上がって、行燈の灯を入れた。部屋に朧《おぼろ》な明かりが広がる。

市の枕もとにはもちろん誰もいない。

「……あれ？」

市が夢から覚めたような顔で、不思議そうに周囲を見回した。

「今、ここに、八郎が……」

言いながら、額に掌を当ててしばらく考え込む。

「いるわけないよね。幽霊なんているわけない」

己に言い聞かせるようにそう言ってから、急に恥ずかしそうに「いやだよ、お藍さんの前でとんだ恥かきだ」と苦笑いを浮かべた。

「きっと、夢を見ていたんですよ」

幽霊なんてどこにもいなくてよかった。それに市が正気に戻ってくれてよかった。

藍はやれやれと、ほっと息を吐いた。

「つまり私が、八郎の夢を見た、ってことですよねえ？　毎晩、必ず、八郎の夢をねえ……？」

市はどうにも納得いかない様子で首を捻《ひね》る。

強い風に煽《あお》られて、長屋の屋根ががたんと鳴る。

「あらっ？　何の匂いかしら？」

ふいに藍の鼻孔を、香ばしい煙の匂いがくすぐった。醬油《しょうゆ》と味醂《みりん》を使った甘辛いたれと脂が、炭火の上でじゅっと弾《はじ》ける匂い。何とも食欲をそそる美味しそうな匂いだ。

「ああ、これですか。少し先に行ったところの表通りに、先月うなぎ屋ができましてね。風向きによってたまに匂いがやってくるんです。この間、お客さんに連れて行ってもらいましたが、なかなか良い味でしたよ」

市は鼻をひくひくと動かした。

「先月できた、うなぎ屋さんですか……」

うーんと首を捻ったところで、藍のお腹《なか》がぐうっと鳴った。

5

「お藍、よくやったぞ。俺の思ったとおりだ。幽霊なぞどこにもいない、いない」

藍の話を聞いた松次郎は、ぱちんと手を叩いてご機嫌な笑みを浮かべた。

「先月、近くにうなぎ屋ができたと言ったな。風向きによっては、うなぎを焼く匂いが流れてくると。お市が八郎の夢を見始めたのも、ちょうどその頃だ。二つの出来事には必ず関わりがあるに違いない。ならばそのうなぎの匂いを……」

松次郎は鼻歌を歌いながら薬箱に近寄ると、中からいくつもの布の小袋を取り出した。どれも掌に載る大きさで、ちょうど香を入れて持ち歩く匂い袋のようなものだ。

「お市、どの匂いにするか？　好きなものを持って帰っていいぞ」

「匂い袋ですか？　良いですねえ、お香のいい匂いは大好きです。ええっと、それじゃあ……」

一つを手に取って鼻を近づけた市が、「きゃっ」と悲鳴を上げて飛び退《の》いた。

「それは、どくだみの葉の匂いだ。こちらは葱《ねぎ》の匂い。カメムシの臭《にお》いもあるぞ」

「どうしてそんなに、癖の強いものばかりなんですか？」

カメムシの臭いの匂い袋を想像して、思わず藍は顔を顰《しか》めた。

「この世には必ず、眠りに効く匂いというものがあるはずなんだ。先生は熱心にそれを探していらっしゃった。ここにあるのは俺たち弟子が、たくさんの匂いを試した中で少しは効果を感じられたもののはずなんだが……」

「い、いや、遠慮しておきますよ。うなぎの匂いのほうがずっとましです。うなぎってのは決して嫌な匂いじゃありませんからね」

市が鼻を抓《つま》んで、慌てた様子で答えた。

「おそらく、うなぎの匂いを嗅《か》ぐことでお市は八郎を思い出しているはずなんだ。何か覚えはあるか？」

松次郎が少し真面目《まじめ》な顔をした。

「うなぎ、ですか？　まだ夫婦になる前に、何度かうなぎ屋に行きはしましたがね。特にうなぎ屋で、心に残るような出来事があったとは思い出せませんねえ」

市が己の頭の中を覗き込むように天井を見上げてから、うーんと難しい顔をする。

「部屋の中を別の匂いで満たしておけば、うなぎの匂いも気にならなくなるだろう。そうすれば八郎の幽霊……ではなかった、八郎の夢を見ることもなくなるはずだ」

藍は、ちょっと待ってくださいな、と割り込んだ。

「先生の理屈はわかりました。だったら、もっと良い匂いではいけないんですか？お市さんが好きなお香や、お花や、果物とか。そうしたほうがよく眠れる気がするんですが」

「ああ、そうしてもらって構わないぞ。そちらの方法もちゃんとある」

松次郎はあっさり答える。

「へっ？　そんないい加減な……」

藍が眉《まゆ》を顰《ひそ》めると、松次郎は「いい加減なんてとんでもないぞ」と心外だという顔をする。

「この世には眠りに効く匂いというものがきっとある。だがその研究は、残念ながらまだ確固たる結論があるわけではない。一方で、人は己の好きな匂い、良い匂いを嗅ぐことで必ず眠りに近づくという事実もある。なぜなら良い匂いは少しでもたくさん感じていたくなるものだろう。自《おの》ずと息が深くゆっくりと整うんだ」

「確かに、息を深く、ゆっくりと、というのは眠るために大事なことですね」

藍は頷いた。

「先生、そっちのやり方でお願いいたしますよ。己の好きな匂いで部屋を満たして、大きく息を吸って吐いて、って気を付けながら眠ってみます」

市が身を乗り出して、うんうんと頷いた。

6

「お市さん、柚子《ゆず》の香りが大好きだから今晩試してみる、って言っていたわ。柚子だったら、きっと気持ちもすっきりして、よく眠れるはずね」

藍は薄く目を閉じて、うっとりと湯気の中の柚子の匂いを嗅いだ。

夕飯のお吸い物の上に、柚子の皮を刻んで散らした。青い菜を入れただけの地味なお吸い物のはずだが、柚子の匂いが重なるだけでずいぶんと味に深みが出る。

柑橘《かんきつ》の匂いは、わっと鮮やかで胸がすっきりするように爽《さわ》やかだ。

新鮮な柚子の皮を刻んだ匂い袋を枕もとに置けば、遠くの店から流れてくる僅かなうなぎの匂いなんて、ちっとも気にならなくなってしまうに違いない。

これがどくだみや葱、カメムシの臭いなんかでは、心が落ち着くはずがない。

「ねえ、兄さん。長崎での研究、って、いったいどんなことをしていたの？　兄さんは、蘭方医になるための学問を、一所懸命学んでいたんだとばかり思っていたけれど……」

千寿園に戻ってきてから松次郎がしている研究らしいことといえば、夜中に花や葉っぱを摘んで集めてくることくらいだ。お茶の淹れ方を久に習ったり、妙な匂いの匂い袋を作ったりもしているが、どれも、薬一粒で万病をたちどころに治してしまうという蘭学の夢のような医術とはほど遠い。

松次郎が、お吸い物をずずっと啜って顔を上げた。

しばらく考える顔をしてから、「そうだな」とひとり頷く。

「俺たちの先生は、不思議な方だった。俺は最初、先生はこの国に蘭学を広め、遅れた文明に光を与えてやろう、と思っていらっしゃったのだとばかり思っていた。だが、それは大きな思い違いだったんだ」

松次郎のいつものふざけた調子はなりを潜め、静かで思慮深い声だ。藍の胸に、長崎へ旅立つ前の松次郎の姿、家族皆の自慢の兄の姿が蘇った気がした。

「先生は俺たちに蘭学の知識を授けるだけではなく、俺たちからも学ぼうとされていた。この国に昔から伝わる医学や、植物、風土についての定説や、口伝えの物語まで。先生は何もかもを熱心に知りたがるんだ。どんなことでも、つまらないもの、劣ったもの、と侮ることをしない。俺はそんな先生の姿を見て、学びとは、ただ授けてもらうものではないという当たり前のことに気付くことができた」

藍は目を丸くして松次郎をまじまじと見つめた。西洋からやってきた蘭学の〝先生〟の存在。立派な学者であるはずのその人が、こんな小さな国のことを熱心に学ぼうとしているなんて。松次郎がその先生に強く惹《ひ》かれた心がわかるような気がした。

藍のまっすぐな目に気付いたのだろう、松次郎は、急に少し決まりが悪そうな顔をした。

「いささか格好を付けすぎたな。同門に聞かれたらきっと頭を叩かれる」

言って松次郎は、藍に目を向けてすっと息を吸った。

「鳴滝塾は、日本じゅうから我こそはと学問に自信のある者が集まる学び舎《や》だ。そこでは兄さんは、いつだって足手まといだった。俺よりもはるかに才のある者たちに囲まれて、どれほど学問に励んでも決して追いつけない。いつだって誰かのおまけに過ぎなかった」

松次郎は、おまけ、と言いながら己の鼻先を指さして、力なく笑った。

「ええっ？　兄さんがそんなはずないわ。だって、兄さんはあんなに賢くて、何でもできて……」

おまけ、と聞いた藍の胸に、己の姿が蘇る。

この千寿園では、藍は物心ついたときから己のことを、兄の松次郎に勝てるところは何一つないと感じて過ごしていた。どれほど真剣に物事に取り組んでも、同じことをもっと早くにもっと正しく涼しい顔をしてこなしてしまう松次郎を見ていると、へなへなと力が抜けてしまうような気分になった。

「上には上がいる。この世には一度聞いたことをすべて覚えてしまい、見たことも聞いたこともないような独自の論を組み立てることのできる、化け物のような奴《やつ》らがいくらでもいるんだ。長崎で鼻っ柱をへし折られるまで、そんなことに気付かなかったというのも、俺の〝賢さ〟なんてその程度のものだったということだ」

松次郎は己の額をぽんと叩いて、苦笑いを浮かべた。

「日々己の力の足りなさを見せつけられて腐っていた俺に、先生が言ってくださった。『松次郎、お前は、この世でただ一人、お前にしかできない学びを深めるんだ』とな」

お前にしかできない学び。藍は心の中で声に出して唱えた。

「それで兄さんは、眠ることについて、研究を始めたのね」

「西洋では眠ることは怠けることとされている。眠りの欲求と闘って少しでも長く起きて働き続けることが良いこととされる。この国でもそれは同じだろう。だが先生は——そして俺は、それは間違っていると信じる。人は眠らなくてはいけない。

ぐっすり眠って心と身体を休めることができた分だけ、人生を楽しみ長生きをすることができるんだ」

「兄さんの言うこと、わかるわ」

藍は大きく頷いた。眠ることは何より大切だ。身体の疲れを回復させ、頭の中を整えて、己の心の傷を癒《いや》す。くたくたに疲れ切った身体も、遠い昔の嫌な出来事ばかりが思い起こされる頭も、今にも泣き崩れそうに痛みを伴う心の傷も、ぐっすり眠ることによって必ず良いほうに向かう。

「先生は、人の身体を真剣に学んでいらした。人が長く壮健に生きるために何が必要かを、まっすぐに追い求めていらした方だ。だから、先生が異国からの間諜《かんちょう》だなんてそんなはずは……」

「えっ？　どういうこと？」

急に聞いた物騒な言葉に、藍は跳び上がりそうになって訊き返した。

「い、いや、今の話は忘れてくれ。忘れるんだ。いいな、今から三つ数えたらお藍はぜんぶ忘れるぞ。それ、いっち、に、さーん」

松次郎の口調が急にくだけたものに変わった。目が泳いで、口元をきゅっと結ぶ。

「ねえ、兄さん、間諜ってどういうこと？　何があったの？」

「ああ、ねう、よく来たよく来た。ちょうどお前がやってくるのを待ち構えていたところだ。新しく作ったおもちゃを試してやろう。今度のものは見事だぞ。何せ作るのに三刻もの手間がかかったんだからな。さあ、ご覧、松次郎特製の猫の顔をした蛇人形だ！」

松次郎は跳び上がると、廊下の向こうに一目散に駆けて行った。

「……もう、兄さん、ねうなんてどこにもいないじゃない」

藍は膨れっ面をして、お椀《わん》の中を漂う柚子の皮を見つめた。

7

生ぬるい風が強く吹き、茶畑の葉をざっと揺らす。からからに乾いて身に刺さるようだった冬の風が、今日は春の湿った温もりを運んでくる。

「せっかく暖かくなってきたのに、なんだかここのところ、眠くて、眠くて……」

ぐっすり庵の縁側で、藍はふわっとあくびをした。

「季節の変わり目は、身体が疲れるという決まりだからな。こんな時季に難しいことを考えてもろくなことは思い浮かばない。すっかり身体が慣れるまでは、できる限りのんびり、ぐうたら、ごろごろしているのがいちばんだ。なあ、ねう？」

ねうの背中をとんとんと按摩《あんま》のように揉んでいた松次郎も、藍につられて大あくびだ。

「おーう」

ねうは、賛成だ、というように間延びした明るい声で鳴くと、ううううっと伸びをした。

と思ったら、すぐに再び丸くなり、あっという間に目を閉じてすやすやと眠り始める。

「こんなに頭の中がふわふわ、ぼんやりしちゃうんだから、きっとお市さんも、ぐっすり眠れるようになったに違いないわ」

藍はもう一度あくびをして目を擦った。

「失礼いたします」

庭先で聞こえた声に、はっと身を正す。

「まあ、お市さん、今ちょうどお市さんのお話をしていたところですよ」

「眠れないんです。やっぱり枕もとに、八郎の幽霊が現れます。いくら私でも、いい加減参ってしまいましたよ」

藍の呑気な言葉を遮った市の両目の下には、青く見えるほどに深い隈《くま》が刻まれていた。

「柚子の香りは試してみたんだな？」

松次郎に訊かれて、市は大きく頷く。

「ええ、もちろんです。狭い長屋の部屋ですからね。柚子の皮をちょっと刻んで枕もとに置いておくだけで、胸がすっとするような爽やかな香りが広がって、何ともゆったりとした心持ちで眠りにつくことができたんですが……」

市はうんざりしたように、肩を竦めた。

「夜更けになると、やっぱりあいつが現れるんですよ。まったく、どうしようもなくしつこい男です」

「八郎の夢を見てしまうんだな？」

「先生、夢なんかじゃありません、あれは八郎の幽霊ですよ！　八郎は振られたことを恨みに思って憑《よ》りついて、私を連れて行こうとしているんです。もう身体が辛くてなりません。このままじゃ、ほんとうに殺されちまいますよ」

市が眉間《みけん》に深い皺を寄せて、自棄《やけ》になったように首を横に振った。眠れない日が続いていることが、さすがに身体に堪《こた》えているのだろう。前に見たときよりもひどく追い詰められた様子で、ああ、と苦しげに呻《うめ》く。

「幽霊が、お市のことを連れて行こうとしている、というのか。そんなことはないぞ、そんなことは決してあり得ない。幽霊なんて、この世のどこにもいるはずないんだ。だが眠れないというのは……」

松次郎が困惑した顔で首を捻った。藍に向かって、ちらりと不安げな目を向ける。

「どうやら、私とねうの出番ということですね」

藍が背筋をしゃんと伸ばすと、ねうが「んん？」と鳴いて、真ん丸の目を見開いてこちらへすたすたとやってきた。

「お市さん、ちょっとこちらにいらしてくださいな。気持ちを落ち着けて、この猫に触れてみてください」

市が怪訝そうな顔で部屋に上がると、尾をぴんと立てたねうが、市の足元に身を擦り付けた。

「わっ、猫ってのは、案外力が強いもんですね。なんだか突き飛ばされてしまいそうですよ」

市はねうの人懐こさに戸惑うようによろめいてみせた。だは猫が嫌いではないようで、口元には笑みが浮かんでいる。

「ああ、いい子だね。わかった、わかったよ。耳を搔いてあげようかね」

市はその場に座り込むと、指先でねうの耳の後ろをぽりぽりと搔いた。ねうは嬉しそうに「ううう」と目を細める。

「先生、台所に柚子の実が残っています。それを刻んできてくださいな」

「そら来た。任せておけ。幽霊なんてないぞ。幽霊なんて嘘さ……」

藍に命じられて、松次郎は変な節で鼻歌を歌いながら、強張った顔で台所へすっ飛んで行った。ほどなくして、台所から柚子の微かな匂いが漂ってきた。

「ああ、いい匂いだ。私はこの匂いが大好きですよ。この匂いを嗅ぐと、決まってすぐに眠れるはずなんですけれどねえ」

ねうの背を撫《な》でながら、市が大きく鼻から息を吸った。窶《やつ》れた顔に束《つか》の間の安らかな表情が浮かぶ。

「ゆっくりお休みくださいな。ここならば、もしも幽霊が出ても大丈夫です。私も、ねうも、松次郎先生もちゃんといますからね」

台所で何かを落とすがたん、という音が聞こえた。

「なんだか、瞼が重くて、重くて……」

市がぐうっと低い鼾をかき始めたそのとき、ねうが「にっ」と得意げに鳴いた。

8

「兄さん、いつまでも台所に隠れていないで、こちらにいらしてくださいな」

藍が声を掛けると、決まり悪そうな顔をした松次郎が、周囲をきょろきょろと見回しながら慎重な足取りで現れた。

柚子の皮を刻んだ小皿を市の枕もとに置くと、再びあちこちに目を巡らせながら、落ち着かない様子で幾度も座り直す。

「お藍は、お市が言うように、本当に幽霊が現れると思っているか？　ならば残念ながら、兄さんは失礼させていただこう。己の心を乱す場には長居しないというのが、この憂き世を生き延びる大事な知恵の一つだからな」

そわそわと立ち上がりかけてはまた腰を下ろし、と、どこまでも及び腰の松次郎だ。

「おそらくきっと、兄さんが言うとおりです。お市さんは八郎さんの夢を見ているだけです」

藍は市の寝顔を見つめて言った。

「そ、そうか良かった。お藍が俺と同じ意見と聞いて、心底ほっとしたぞ」

「お市さんは、元から寝つきの悪い人と仰《おっしゃ》っていました。私がお市さんのところに泊まったときも、掻巻を取り去って涼しくしてみたり、逆に手拭いで頭を覆って身体を温めてみたりと、いろいろ苦心してやっと眠っていたような方です。おそらく、季節の変わり目というので寝苦しい思いをされていたに違いありません」

「時季ばかりは、医者にはどうすることもできないぞ。眠る部屋を、暑くもなく寒くもない最も快適な状態にすることができれば良いが、さすがにそんな贅沢《ぜいたく》のできる者はどこにもいないだろう」

市が、うごっ、と野太い鼾を響かせた。

ねうの耳だけが蝶々のようにぱたっと震える。

松次郎がぎょっと身を縮めて市の枕もとに目を向けてから、「やれやれ」というようにふうっと長い息を吐いた。

「そういえば、台所に置いてあるあの包みは何だ？　ずいぶん上等そうな竹の皮の包みだったな。兄さんにお土産か？　お前はまったくできた妹だな。団子か？　寿《す》司《し》か？　それとも」

「うなぎです。ちょうど今日、うなぎ屋さんの前を通りかかったとき、お市さんを思い出して、包んでもらったんです」

「うなぎか……」

松次郎が何ともいえない顔をした。

「少し離れたところに七輪を出して、うなぎを温め直してみましょう。お市さんが八郎さんの幽霊を見るときの状況を作ってみるんです」

「お、俺に任せろ。少しといわず、うんと離れたところでうなぎ屋の役をやってやるからな。お藍のほうは、ここで八郎の幽霊が出るのを……ではなくて、お市が八郎の夢を見るのを待ち構えていてくれ」

松次郎が家を飛び出してからしばらくすると、微かにうなぎを焼く匂いが漂ってきた。

甘辛い醤油に、うなぎの脂の焼ける香ばしい匂い。思わずお腹がぐうっと鳴るような、うっとりするほど美味しそうな匂いだ。

他のどんな食べ物を煮炊きする匂いとも違う、うなぎの匂いだけは格別だ。すきっ腹をがしっと摑《つか》んで、ふらふらと店先に引き寄せてしまう。

部屋に漂う柔らかな柚子の香りと闘って、うなぎの匂いがすっかり勝ってしまった。風向きが、まっすぐぐっすり庵へ向かってしまっているせいだろう。

「えっと、ちょっと匂いが強すぎたかしら？　真夜中の、お市さんのお部屋の感じを出してみたかっただけなんだけれど……」

藍は思わず団扇《うちわ》を手に縁側へ向かった。ぱたぱたと外に向かって団扇で風を送り、うなぎの匂いを少しは薄れさせようとするも、これでは焼け石に水だ。

うなぎの匂いに腹が減ったのか、ねうが寝ぼけた顔を上げて「あーう」と鳴いた。

ふいに、市が「うーん」と唸った。

藍は慌てて市の元に駆け戻って、口元に耳を寄せた。

「……冗談じゃないよ、やめとくれ」

市が目を閉じたまま言った。ずいぶん怒っているように眉を顰めているが、口元は艶めいた笑いを浮かべている。苦笑いというには華やいだ気配が漂う。誰かに甘えているような口調だ。

「……お市さん？」

声を掛けかけて、慌てて口を噤《つぐ》んだ。市が何を話し出すのかを聞かなくてはいけない。

藍は息を潜めて市の次の言葉を待った。

「私のことをうなぎだって？　冗談じゃないよ」

市はくつくつと笑うと、誰かを引っぱたこうとするように、手を振り被る真似をして見せた。手に力が入らないのか、今度は膝の下だけを使って、あらぬ方を幾度も蹴ってみせた。

と、かっと目を見開く。幾度も瞬きをしながら、藍の姿をまじまじと見つめる。

「お藍さんっ！　あんたが手に持っているそれって……」

市のただならぬ口調に、ねうが「きょっ！」と驚いた声を上げて一目散に逃げ去った。

「は、はいっ！　この団扇がどうしましたか？　何かわかりましたか？」

藍も身を乗り出して訊いた。

市は目を真ん丸くして、藍の手元をじっと見つめている。半開きの唇が震えていた。

「うなぎの匂いのせいではなかったのか。お市がうなぎだった、と、そういう話だな」

団扇をぱちぱちと打ち鳴らしながら庭先から松次郎が現れて、「よしっ、幽霊はどこにもいないな。思ったとおりだ」と満足そうに言った。

9

本所深川《ほんじょふかがわ》、大川へ注ぐ仙台堀川《せんだいぼりがわ》沿いには、河の流れを使って運ばれた木材の木置き場が立ち並ぶ。

すっかり春の雨だ。むっと蒸し暑い。油紙を貼《は》った傘から沁《し》み出した雨水が、市の汗ばんだうなじにぽたり、ぽたりと落ちた。市の手にはうなぎの包みが握られている。

竹の皮で包んだ上から、さらに漉《す》き返し紙で包んでもらった。包み紙には、茶色いうなぎのたれが、僅かに滲んでいた。

市が足を止めたのは、木置き場の隅っこにぽつんと立った寂しい墓石だ。二つか三つの子供の背丈くらいの高さしかない、いびつな形をした墓石。

このあたりで死んだ身寄りのない人夫のために建てられた参り墓だ。

ずいぶん長い間、参る人がいないのだろう。欠けた湯呑みの中は涸《か》れていて茶渋がこびりついていた。

「ねえあんた、来てやったよ。あんたの大好きなお市ちゃんが、来てやったんだよ」

市は両手をぶらぶらと手持ち無沙汰《ぶさた》に揺らしながら、娘のような膨れっ面を浮かべてみせた。

ここが八郎の墓だ。

市と別れてから六年の間、八郎はお江戸のいろんなところをふらふらと渡り歩いた挙句、最期は木置き場に流れ着いてその日暮らしの力仕事をしていたという。

墓前はびっしりと苔《こけ》むしていた。市は、あーあ、こんなになっちまって、しょうがないねえ、と呟くと、指先でがりがりと苔を引き剝《は》がした。

「今日はあんたに、お供え物があるよ。って言っても、きっと私が帰ったら、すぐに待ち構えているあいつらに持っていかれちまうんだろうけれどね」

市は墓の後ろの松の木の上で、じっとこちらを見つめているカラスを振り返った。

「ちょっと待っておくれよ。大事な話が終わるまではね」

市がカラスに念を押すと、カラスは賢そうな真っ黒な目できゅっと小首を傾《かし》げてみせた。

市は包み紙を開いて、墓の前に置く。

千住宿で買い求めたうなぎは冷え切って、たれが糊《のり》のように固まっていた。

「ケケケ」

うなぎの匂いに興奮したカラスが背後でどよめき声を上げる。

「うるさいねえ、ちょっと待っておいでよ！　静かにしておいでっ！」

市がきっと睨み付けると、カラスは「ごめんなさい」とでも言うようにかちんと嘴を閉じて、ぴたりと動きを止めた。

「八郎、あんた、私のところに化けて出ていたんだね。夢なんかじゃないさ。私にはちゃんとわかったよ」

市は墓石に向かって微笑みかけた。

遠い昔、八郎と別れた六年前よりも、もっともっと昔の光景が市の胸に蘇った。

悪い男に捨てられてすぐの頃だ。水茶屋の仕事を終えても、ひとりの家には帰りたくなかった。帰り道に市を待ち構えていて、下手な冗談を言って笑わせようとする八郎に気のない返事をしながら、痛む胸を押さえるようにとぼとぼと歩いていた。

あの人が帰ってきてくれなくては、私の人生は真っ暗だ。目の前にいる八郎のようなずんぐりむっくりの見栄えのしない男では、あの人の代わりになんてなるはずがない。

「おうっと、お市、大丈夫か？　歩くのも辛いってんなら、俺が家まで背負っていってやるぜ」

八郎は眉を下げて心配そうに、足元の覚束《おぼつか》ない市の顔を覗き込んだ。

「いいよ、私のことは放っておいて」

市はつれない様子で首を横に振ると、また重い足取りで歩き出す。

「あっ、お市！　わかるか？」

八郎の明るい声に、怪訝な心持ちで振り返った。

八郎が犬のように鼻をひくひく動かして、空を見上げた。

「こりゃ、うなぎの匂いだ。どっかに新しいうなぎ屋ができたな」

「うなぎ……」

と、市の腹が、途方もなく大きな音で、ぎゅうう、と鳴った。

「なんだ、腹が減っているんじゃねえか。腹の虫は正直だぜ」

八郎に引きずられるようにしてうなぎ屋に飛び込んだ市は、眉間に皺を寄せた顔のまま、うなぎを一人前ぺろりと平らげた。

恋に破れた胸は痛いし、あの人は恋しくてたまらない。だが空きっ腹に飛び込んできた上等なうなぎは、頬が、つんと痛くなるほど美味かった。

あっという間に途切れてしまった縁だった。だが二人が夫婦になると決まったのは、あの夜のうなぎの匂いがきっかけだった。

「私はさあ、こんな時季、冬と春の間を行ったり来たりするような寝苦しい時季になると、決まってあんたのことを思い出していたんだよ。いつもずっと、心の奥でね」

市はおっと、と呟いた。

「勘違いしないでおくれよ。あんたとよりを戻したいって思っていた、なんて意味じゃあないからね」

墓石に向かって、ぽんと叩く真似をする。

市の脳裏に、枕もとに座る八郎の姿が浮かんだ。

手には団扇を持っている。

市は掻巻の上に夜着を重ね、さらに手拭いを頭に被り、足首には襤褸布で拵《こしら》えた脚絆《きゃはん》のような寒さ除《よ》けを巻いていた。

「ちゃんと扇《あお》いでいておくれよ。私がぐっすり眠れるまでね」

うら若き市の、いかにも我儘そうな声がはっきりと聞こえてくる。

「ああ、わかっているさ。仰《おお》せのとおりにやらしていただきますよ。こうやって、赤ん坊みたく、大名のお姫さまみたく、お市がちゃんと眠れるまで顔を扇いでいてやるさ」

八郎は、しょうがないなあと眉を下げながらも、市のことが大事でならないという顔だ。

真っ黒なのっぺらぼうに、さらさらと丸い目鼻が描き込まれていく。

厚着で着ぶくれた市の頬に、冷たい風がそよぐ。身体中がほかほかと温まっているところで、頭に留まった熱がすっと引くようだ。あまりの気持ちの良さに、すぐに気が遠くなって安らかな眠気に包まれる。

「こうやって団扇をぱたぱたやっていると、なんだか、うなぎ屋みてえだな。へい、いらっしゃい、美味いうなぎが焼けてるよ、ってな」

八郎が、二人が近づくきっかけになったうなぎ屋を懐かしく思い出しているのがわかる。

「私のことをうなぎだって？　冗談じゃないよ」

市はもうほとんど眠りの湯船に漬かりながら、枕もとの八郎の膝をぴしゃりと叩いてみせた。

線香に火を点《つ》けて、市は両掌を合わせた。

「あんたねえ、今さら私のところに現れたって仕方ないんだよ。私たちはもう、とっくに別れたんだからね。ご縁がなかったたってことなんだよ。あれから私は、いろんな人といい仲になったさ。あんたのことなんて、これっぽっちも思い出すことはなかったよ」

そういえば、夫婦にまでなった人はいなかったけれどねえ、と心で呟いて、市は苦笑いを浮かべた。

「とっとと成仏しておくれよ。面倒臭い人だねえ」

背後をごうっと強い風が吹き抜けた。傘が煽《あお》られて市の手を離れ、空に舞い上がった。

「きゃっ」と悲鳴を上げそうになったところで、その傘はまるで夢のように動きを止めると、市の手の中にしっかりちゃんと戻ってきた。

市は傘を少しずらして、灰色の空を見上げる。

「……ありがとうね」

小さな、小さな声で呟いた。

ふいに身体がすっと軽くなった気がした。背中に憑りついていた幽霊が消えたわけではない。市自身の胸の奥に留まっていたものが、砂糖菓子を口に放り込んだようにしゅわっと溶けたのだ。

背後でカラスが「カアー」と鳴いた。

「うるさいってば、いいところなんだよ！」

市は鋭い目で振り返ると、目尻に溜《た》まった涙を指先で拭った。

10

飛鳥山は梅の見ごろを過ぎた。桜の木の先に丸々とした花の芽が育っている。もうあと数日の後には、飛鳥山は満開の桜で朱鷺《とき》の羽のような桃色に輝くに違いなかった。

「お陰さまで、お市はとても元気そうですよ。ぐっすり眠れているとのことです。松次郎先生とお藍さんに、くれぐれもお礼をお伝えくださいとのことです」

久が湯呑みをずずっと啜ってから、はて、と怪訝そうな顔をした。手に握った湯呑みをしげしげと眺める。

「松次郎ぼっちゃん、これじゃあいけませんよ。苦くもなければ渋くもない。なんだか真っ昼間の幽霊みたいな、気の抜けた味じゃあありませんか」

「幽霊だって？　俺の大事な研究に、妙な例えを出さないでくれ」

松次郎が、ぶるっと身を震わせた。

「お久さん、私にもちょうだい。苦くもないし渋くもないお茶っていったいどんなものなの？」

久から湯呑みを受け取ると、藍は一口飲んでみる。後味が妙にさっぱりしたお茶、と言いたいところだが、お茶特有の旨味がまるでない。これではただの綺麗《きれい》な緑色の色水だ。

思わず咳《せ》き込んだ。

「兄さん、いったいこれって何？　どうしてこんなものを作ろうって思ったの？」

「失敗作だということは、俺だってわかっているさ。まだまだこれは研究の途中だ」

松次郎はむっとした顔で両腕を前で組んだ。言葉とは裏腹に、ずいぶん熱心に研究した末にできたものなのだろう。困ったなあ、というように口の端が下がって、目は忙《せわ》しなくきょろきょろと天井を見つめている。

「でも八郎さんって、ずいぶん優しい旦那さんだったんですね。お市さんが眠れるようになるまで、ずっと枕もとで団扇を扇いでくれるなんて」

藍は久に笑いかけた。

「お市ってのはまったく、我儘者ですよ。亭主のことを、そんな召使いみたいに扱う女房がどこにいますか。お嬢さんはそんなこと真似しちゃいけませんよ」

二人で顔を見合わせてぷっと噴き出した。

「よく眠れるようにするためには、頭を冷やして足を温めるというのが決まりだ。寒い時季は身体をしっかり温めて、その熱を頭から逃がす。そうすれば身体が冷えて風邪をひくこともなく、身体に熱が籠《こも》って気が焦ることもない。八郎という男は、そんな大事なことをよく知っていたな」

松次郎が顎に手を当てて、ふうむと唸った。

「お市ってのは、口が立つ赤ん坊みたいな女ですからね。八郎といたときは、暑い寒い腹が減った疲れたと、いちいち大騒ぎしていたに違いありませんよ」

久がくくっと笑ってから、

「でもお市が元気になってくれて、ほっとしました。あの子が萎れていると、みんなどうも調子が出なくてねえ」

と、安心した様子で息を吐いた。

「そういえば、松次郎ぼっちゃんにお知らせがありましたよ」

「何だ、面倒事なら後にしてもらえたら嬉しいが……。幽霊だとか妖怪だとかそういう話は、しばらく俺は遠慮しておきたいぞ」

「幽霊でも妖怪でもありませんよ。生身の人です。千住宿で、松次郎ぼっちゃんの行方を探している旅人がおりました。『千寿園という茶農家の息子、千寿松次郎という男を知りませんか。つい先達《せんだつ》てまで長崎の鳴滝塾にいた男です』ってね」

松次郎の動きがぴたりと止まった。

藍は思わず松次郎の横顔を見上げた。松次郎が身を隠していること、伯母の重のところへやってきた追手と何か関わりがあるのだろうか。

「それでお久はどう答えたんだ？」

「こちらをお知らせしましたよ。西ヶ原の千寿園の場所を、事細かに地図まで書いてわかりやすく説明しました」

「ええっ、お久さん、それは平気なんでしょうか？」

藍は思わず声を上げた。

久は松次郎が誰かに追われている身であることを知っているはずだ。松次郎の過去を知って居場所を探している人にこの場所を教えてしまうなんて。

「どうして教えた？　お久には考えがあるんだろう？」

松次郎が低い声で訊いた。

久は、味のしないお茶をずずっと啜って、やっぱり駄目だ、というように顔を顰めた。

「その方は、ずいぶんずっと眠ることができていらっしゃらないようでしたので」

久は、どんな淹れ方をしたらこんなお茶になるんでしょうねえ、と呟いてから、湯呑みの残りを一気に飲み干した。

その四

江戸の幽霊

夜になると真っ暗闇に包まれる江戸時代、人々は幽霊をとても恐れました。幽霊とはこの世に恨みを残した死者の魂です。憎い相手の元へ、頭に三角の布を着けて両手をだらりと下げた姿で「うらめしや」と言いながら現れる姿が一般的になったのは、江戸時代中期頃からです。

『東海道四谷怪談』のお岩さんの髪がごっそり抜ける場面や、『番町皿屋敷』のお菊さんが「一枚、二枚……」とお皿を数える場面など、江戸の人々は恐ろしい幽霊の話に震え上がりました。

またその一方で、歌舞伎の幽霊物や寄席の怪談噺《ばなし》は、常に絶大な人気を誇っていました。

忌むべきものとわかっていながらも、好奇心を抑えることができずに心惹《ひ》かれてしまう。

平和な時代特有のそんな大らかな雰囲気の中で、恐ろしくも色気の漂う幽霊の姿は円山応挙《まるやまおうきょ》や葛飾北斎《かつしかほくさい》をはじめとするたくさんの絵師によって描かれます。美しい幽霊画が発表されるたびに、世の中は恐怖と興奮とでとんでもない大騒ぎになったようです。

幽霊、といえば白い着物を着た美しい若い女性が定番だったこの時代。お市さんの見た幽霊は、少々拍子抜けだったかもしれませんね。

第五章　昔の友

1

飛鳥山に桜が咲いた。山肌は満開の桜で薄紅色の靄《もや》に包まれている。

桜吹雪の下を軽い足取りでそぞろ歩く者、ご馳走《ちそう》を広げて飲み騒ぐ者、目に涙を溜めてじっと空を見つめる者。

西ヶ原にはお江戸中から老若男女を問わずたくさんの人が訪れて、大賑わいだ。

この時季は宴席用の茶の出荷こそはひと段落したが、花見に乗じて商売相手が次々と千寿園を訪れる。毎年桜が咲く頃になると、母の喜代は朝から晩まで客の相手で大忙しだった。

「お重さん、ここのところ忙しくて大変でしょう。何かお手伝いをすることはありますか」

藍は風に乗った桜の甘い匂いをすっと吸い込み、華やいだ声を掛けた。

藍の家とは茶畑のちょうど両端に建つ伯父夫婦の家だ。玄関の戸は大きく開かれて、中で女中がどたばた駆け回る音がしている。

忙しい一日が始まる気配は、胸がすっとするような清々《すがすが》しさに満ちていた。

「ああ、お藍かい。あんたが顔を見せるなんて珍しいねえ。いきなりどうしたんだい？」

出迎えた重の顔は、明らかに戸惑った様子だ。

重は今まさに用事で走り回っていたのだろう。いかにも何かに没頭している人らしくきゅっと唇を結んで、荒い息をしている。

藍はすぐにやってきたことを後悔した。場違いな己の姿に気付き、頰が熱くなる。

「千寿園のことは、すべて私たちに任せておくれって言ったろう。あんたは安心して、お友達と花見にでも行っておいでよ」

尻を叩くようにあっという間に追い返されて、しゅんとして帰路についた。

母が亡くなって松次郎が現れて、ぐっすり庵を開いて……、と、藍自身もここのところずっと忙しくしていたつもりだ。

松次郎を匿《かくま》っている手前、伯母夫婦が藍の様子を逐一探りに来ないことは、それはそれでありがたかった。だが考えてみれば、伯母夫婦は伯母夫婦で、喜代が亡くなった後の千寿園をどうにか流れに乗せるため、藍のことなど構っている間がないほど慌ただしく過ごしていたに違いなかった。

「私は、いったいどうなるのかしら？　ずっとこのままじゃいられないのはわかっているんだけれど、でも……」

藍の口元がへの字に曲がった。

気まぐれに大人にお手伝いを申し出た子供が、足手まといだとぴしゃりと断られて、拗《す》ねているようなものだ。

私はほんとうに格好悪いなあ、とため息をつく。

そのとき、

「失礼、お嬢さん、千寿園とはこちらのことでしょうか？」

低い静かな声が聞こえた。落ち着いた厳めしい口調に不釣り合いな声色の柔らかさに、あれっ、と藍は顔を上げた。

総髪を後ろにまとめた袴《はかま》姿の女が、背筋をしゃんと伸ばして立っていた。

藍よりも五つほど年嵩《としかさ》だろうか。

見上げるような長身だ。並みの男よりもはるかに背が高い。頬がこけて切れ長の目が鋭く光り、鼻先が尖っている。もしも本物の男ならば役者と見間違えるような美しい顔立ちだ。

「ええ、そうです。こちらが千寿園です」

藍が目を白黒させて答えると、女は、うむ、と唸り声が聞こえそうな顔で深々と頷いた。

喉元の細さと声だけは、間違いなく女のものだ。

「それではあなたがお藍さんですね。私は須賀《すが》と申します。ぐっすり庵に案内していただけますか。旧友の松次郎に、大事な用事があって訪ねて参りました」

須賀は薬箱を握った腕を揺らした。薬箱を持った松次郎の旧友、ということは須賀も医者ということだろうか。

「それじゃあ、千住宿で兄のことを探していたというのは……」

「ええ、それは私のことです。千住でいちばん美味いお茶を出すという水茶屋のお内儀《かみ》さんに、こちらを教えていただきました。あの水茶屋のお茶は絶品です」

藍の胸に久の不穏な言葉が蘇る。

「その方は、ずいぶんずっと眠ることができていらっしゃらないようでした」

思わず須賀の顔をまじまじと見つめる。

抜けるように白い肌だと思った。だが須賀の身体はどこもかしこもまっすぐだ。背筋はもちろん首筋も眼差しも、疲れ切った人に特有の危なっかしい揺らぎなどどこにもない。

久はいったいどうして、須賀が「眠ることができていない」なんて感想を抱いたのだろうか。

「私の身なりがそれほど珍しいでしょうか？　もしもそれでご気分を害されたなら、どうぞお許しください」

須賀は、己自身はこのやり方を変えるつもりは毛頭ない、という強さの漲《みなぎ》った声で、慇懃《いんぎん》な笑みを浮かべて見せた。胸元に掌を当てる。

「い、いいえ。そんなことはちっとも思っていません。今、ぐっすり庵にご案内しますね」

慌てて大きく首を振って、さあこちらへ、と歩き出す。

「感謝申し上げます」

須賀はお侍のように目を伏せた。

須賀は大股《おおまた》で早足で、ざくざくと土を踏む音を響かせながら進む。

いくら先に進んで案内しようとしてもすぐに追いつかれてしまうので、藍はいつの間にか小走りになっていた。

「ここは少し足元が悪いので、ゆっくり参りましょうね」

茶畑に水を送る小川に架かった橋で、藍は額に滲《にじ》んだ汗を拭いて振り返った。

きらきらと輝くせせらぎに、上流の飛鳥山からの白い桜の花弁がいくつも流れている。

「ここへ来るまでの道のりは、ずいぶんたくさんの人でごった返してましたでしょう。飛鳥山の桜はもうご覧になりましたか?」

藍は息を整えながら訊いた。

「いいえ、私は花見を好みません」

須賀が素っ気なく答えた。

「そ、そうでしたか……」

この世に満開の桜を好まない人がいるなんて、考えたこともなかった。藍がきょとんとしていると、須賀が涼しげな目でこちらを見つめる。

「人の命は花と同じ。あまりにも短いものです。私には、花を愛《め》でている暇などどこにもないのです」

須賀は藍の進む先を見ると、さあ、早く参りましょう、と急《せ》かすように言った。

2

夕暮れのぐっすり庵だ。

縁側で一心不乱に本を読みふける須賀に、藍は落ち着かない心持ちでちらちらと目をやった。

須賀が来てすぐに、「兄さん、お客さまがいらしているわよ」と、幾度も声をかけた。だが松次郎は、むにゃむにゃと口の中で呟《つぶや》きながら、藍のことをぽーんと振り払う。いくら耳元で声を上げても、額をぺんと叩いても、ちっとも起き出す様子はない。

「そうでしたか、私はちっとも構いません。こちらで待たせていただいてもよろしいでしょうか」

須賀は、藍が差し出したお茶を一気にぐっと飲み干して、「美味い」と力強く呟いた。

「よかった。お久さん――あ、お久さん、っていうのはお須賀さんがお会いした、千住宿の水茶屋のお内儀さんです。そのお久さんに、美味しいお茶の淹れ方を教わったんです。煮立ったお湯をそのまま注《つ》いではいけなくて……」

「失礼。よろしければ一人にしていただけますか。読まなくてはいけない書物があるのです」

松次郎が現れるまでの長い暇つぶしにと世間話に花を咲かせようとしていた藍に、須賀は掌を見せて遮った。

「えっ、はっ、はい。わかりました」

目を白黒させる藍に、須賀は「それでは」ときっぱり言って、素早く懐に入れていた書物を開いた。

と、そこから須賀は日が昇りきり、傾くまで、ぐっすり庵の縁側で微動だにせずに本を読みふけった。

「お腹が減りませんか？　お昼に、お握りでも作りましょうか」と藍が声を掛けても、聞こえてさえいない。唇だけを動かして何やら口の中でぶつぶつ呟きながら、開いた本に頭を突っ込むようにしていた。

途中、ねうが近寄ってきて着物の匂いをふんふん嗅《か》いでも、ちっとも気付かない。

「おうい」と猫の声で呼びかけても、「おーん」と腹を見せて撫でてくれと促しても、完璧《かんぺき》なまでに黙殺を決め込んでいるので、ねうは機嫌を損ねてむっとした顔でいなくなってしまった。

　ぐっすり庵の縁側にようやく西日が射《さ》す頃、廊下をどたばたと一目散に駆けてくる大きな足音が響き渡った。

「須賀が来たって⁉　お藍、どうして早く言わないんだ、どうして起こしてくれなかったんだ！」

　縁側の須賀に気付いて「うわっ」と目を剝《む》く松次郎の手には、藍が枕もとに置いた「お須賀さんがいらしていますよ」という走り書きが握られている。

「何度も、何度も、起こそうとしました」

　藍は松次郎を冷たい目で睨んだ。

「お須賀、おい、お須賀！　何しにここへやってきた！」

　松次郎に大きな声で呼ばれて、須賀がふと顔を上げた。

「やあ、お松。久しぶりですね」

　お松、だなんてまるで若い娘に声を掛けるような呼び名だ。

　須賀は本をぱたんと閉じると、悠然とした笑みを浮かべた。

「私は回りくどいことは好みません。単刀直入に申します。すぐに私と一緒に来てください。お松に、私の右腕となって働いて欲しいのです」

「嫌だ！」

松次郎は間髪を容《い》れず答えた。

「なぜですか？」

「俺は、お前を好かんからだ」

松次郎の身も蓋《ふた》もない言葉に、須賀はちっとも堪《こた》えた様子もなく涼しい顔だ。

「あれからずっとお松を探していました。私の目論見《もくろみ》にはお松が必要です。私は先生の想いを継いで研究を続け、そう遠くないうちにお江戸で日本一の蘭方医院を開くことに決めたのです。きっとたくさんの人が救われることでしょう」

「話を聞いているのか？　俺は、お前のことを――」

「全国に散り散りになった門下を探し出して、再び集結させるのです。きっと、この時代が変わります。胡散臭《うさんくさ》いまじないじみた治療を施すことしかできない医者が消え、病に苦しむ人が救われます」

晴れがましい顔で己の展望を語る須賀に、松次郎が、うう、と呻《うめ》いて頭を抱えた。

藍は、目の前で矢継ぎ早に繰り出される会話に、ひたすら呆気に取られた心持ちだ。

いきなり現れた須賀が松次郎を連れて行ってしまうつもりだ、と聞いても、それこそ単刀直入にもほどがある。

「お松、あなたも私もお尋ね者の身です。門下の中には投獄された者もいます。私の志を叶《かな》えることは簡単な話ではないでしょう。だからこそ、先生の教え授けてくださった知識をここで絶えさせてはならないのです」

「投獄ですって？」

物騒な言葉に思わず声を上げた藍に、須賀は「あなたは何も知らないのですね」と向き直った。

「やめろ、俺から話す」

「そうですか。ではどうぞ。きちんとすべてを話して差し上げてください」

松次郎がうぐっと唸る。

「……後で、お須賀がいないところで話す」

「そうやって面倒事から逃げていては、人生は少しも進みません。お松はこんなところで昼夜を取り違えて身を隠し、医者の真似事をしながら一生を終えるつもりですか？」

須賀が鋭い口調で言って、身を乗り出した。

「こんなところ、とはひどい言い草だな。よしっ、俺は怒ったぞ。帰れ、帰れ」

松次郎はうんざりした顔で、手で払う真似をしてみせた。

「お松は、この〝ぐっすり庵〟とやらに、本当に心血注いで向き合っているのですか？　共に働く妹のお藍さんに、己は人を救う立派な仕事をしていると胸を張って言うことができるのですか？」

須賀は諦める様子は微塵《みじん》もない。

「私は、天賦の才を持っております。この須賀についてくれれば、お松は己の役目を全うすることができるはずです。おそらく亡くなったお父さまもそれを望んでいるはずです」

須賀が己の掌を大きく開いて、胸元に当てた。

「人の親父の気持ちを勝手に推し量るな。お前のそういうところが煙たいんだ。とんでもなく自信家で、自惚《うぬぼ》れ屋なところがな」

「自惚れではございません。私が鳴滝塾で誰よりも賢く、誰の追随も許さない閃きを持っていたことは事実です」

須賀が鼻の穴を広げた。

「……どうしたら帰ってくれるんだ」

松次郎が困り切った顔をして眉を下げた。

「私と勝負をいたしましょう。ぐっすり庵へやってくる患者を、私のやり方で治してみせます。私が勝てば、お松は心を入れ替えて、私と共に蘭学を究める道へ進むのです」

「俺が勝ったら帰ってくれるのか？」

「ええまあ、そういうことになりましょうね」

須賀が、そんなことは万に一つもあり得ない、という顔で、ふっと笑った。

3

事の次第を千住の久に文に書いて送った数日後、一人の女がぐっすり庵に現れた。

「ぐっすり庵というのは、こちらでよろしいでしょうか？」

年の頃は十七、八くらいだろうか。熱のある子供のように、目が血走って涙ぐんでいる。

唇は乾いて荒れていて、口元に皺《しわ》が目立つ。着物の裾《すそ》は泥で汚れている。足を引き摺《ず》って、今にも前のめりに倒れ込みそうにひどく背を丸めていた。

一日でただならぬ状況だとわかる、具合の悪そうな女だ。

「お待ちしておりました」

ぐっすり庵の縁側に面した部屋で本を読んでいた須賀が、胸を張って力強い声で言った。

「ええっと、女の先生でしたか。水茶屋の女将さんは、そんなことちっとも……」

女が気の抜けた声で言って、助けを求めるように藍に目を向ける。

藍はどうしたらよいかわからない心持ちで、どぎまぎと須賀の顔色を窺《うかが》った。

「男の医者をお望みでしたら、喜んで交代いたしますが。幸い、ぐっすり庵にはもう一人医者がおります」

須賀が動揺を見せない声で言い放ち、廊下の奥に目を向けた。

ぐっすり庵に須賀が来てから、松次郎は奥の部屋に引きこもってろくに出てこない。

日が暮れて、藍と須賀がぐっすり庵から千寿園の家に戻ると、まるで穴倉から這《は》い出す蛇のようにそろそろと現れて、次の朝日が昇るまでの間をねうとひっそり過ごしているようだった。

「い、いいえ。そんな、男がいい、なんて、そんな意味じゃないですけれどねえ」

女は慌てた様子で両手を前で振って見せてから、再び藍に縋《すが》るような目を向けた。

「では、お名前は？」

須賀が無駄話は必要ないとでも言うように、背筋をしゃんと伸ばした。

「へえ、えっと米《よね》と申します」

米が居心地悪そうに肩を竦めた。

「今日は、どうされましたか？」

「えっと、えっと、ここへ来たら眠れるようにしてもらえるって……」

「私は、『どうされましたか』と訊いています。お米の身体の具合を教えてください」

米が怯《おび》えるようにきゅっと目を瞑《つぶ》ったのを見て、藍はさすがに慌てて割って入った。

「お米さん、こちらへいらしたということは、夜になってもうまく眠れない、ということですよね？」

「そ、そうです。この一月ほど、毎晩遅くまで働いてくたくたに疲れ切っているってのに、明け方近くまで眠れやしないんです。ほんのちょっとうつらうつらしたところで、すぐに仕事に出なくちゃいけなくなります。つまり、ここのところ、私はほとんどろくに寝られちゃいないんです」

米は気弱そうな目をぱちぱちさせて、真剣な面持ちで答えた。

「そんなに朝早くからお仕事をされているんですか？　それに、夜遅くまで……」

「へえ、朝は魚河岸《うおがし》の掃除を。それと昼からは蕎麦《そば》屋の洗い場で働いて、夜には呑み屋のお運びを」

米が指折り数えてみせた。

「三つも仕事を持っていらっしゃるんですか？　それは身体が辛いでしょう」

「いえいえ、そんな。私なんて、昔から身体が丈夫なことだけが取り柄ですよ」

米は力こぶを作る真似をしてみせたが、その拳は瘦《や》せて尖っていた。

「ご家族は？」

「弟と妹が五人います。いちばん下の妹はまだやっと歩けるようになったばかりで、手がかかります」

米は妹の可愛らしい面影を思い出すように、目を細めた。

「それで何に困っていらっしゃるのでしょう？」

須賀が鋭い声で切り込んだ。

「へっ？」

米が目を瞠《みは》った。

「話を聞いていると、お米の日々をこなすには寝る間などほとんどないようです。眠れないからといって、何の不都合がありますか？」

米が呆気に取られた顔で、ぽかんと口を開いた。

「先生は、眠れなくても良いと仰るんですか？」

「違います。お米が眠れないことによって、身体にどんな不都合が出ているかを、私に教えて欲しいと言っているのです」

須賀が帳面を手にした。

「え、えっと、眠れないと、頭がぼうっとします」

「続けてください」

須賀が満足そうに頷いた。

「それに身体が重くなり、目が霞《かす》んで、何よりも眠くて眠くてたまらなくなります。夜に横になっているときはちっとも眠くなれないってのに、仕事の最中は、ほんの少しでもいいから目を閉じて眠りたい、ってそんなことばかり考えています」

「悲壮な心持ちになることはありますか？　理由もなく涙が出ることは？」

「ええ、そんなのしょっちゅうですよ。まあ、それが眠れないせいなのかどうかはわかりませんが……」

米が目を泳がせた。

「わかりました」

須賀が、米の言葉にかぶせるように言い切った。

薬箱を開けて小さな黒い丸薬を取り出す。

「朝起きてすぐと、日中に眠気を感じたとき、この薬を飲みなさい。きっと今、お米の身体に起きている不調は、たちどころに消えるに違いありません」

「眠くなるお薬ですか？　だったら、夜、寝る前にも飲んだほうがいいでしょうかね？」

「違います。この薬は、眠りとは関係がありません。日中の疲れを取り去る薬です」

「えっ、そんな……」

思わず眉を顰《ひそ》めた藍に、須賀は「何ですか？」と向き直った。

「お須賀先生、お米さんはぐっすり庵に、眠れるようになりたい、といらしたんですよ」

須賀の鋭い視線に臆《おく》しながらも、藍は気持ちを奮い立たせて言った。

「ならば、一粒飲めば、丸々一日ぐっすり眠ることができる薬を出したほうがよろしいでしょうか？　もっとも、眠くてたまらなくなってしまい、仕事に向かうどころではなくなりますが」

須賀に目を向けられて、米は「えっと……」と戸惑った顔をしている。

「せ、先生のこの薬を試してみます。試してみたいです！」

「そんな……」

米の何か心に決めたような真剣な口調に、藍は眉を下げた。

「よろしい。では、また三日後にいらしてください。今日はわざわざ夕暮れに来ていただきましたが、これからは朝早くでも夜中でも、いつでもいらしていただいて構いませんよ。ではお藍さん、お茶をお願いいたします。お米にも、私にも。これからは、患者さんがいらしたときはうんと濃いお茶を欠かさずお願いいたしますよ」

「はいっ、すみません」

須賀の言葉に台所に駆け出すと、廊下に人影があるのに気付いた。

「まあ、兄さん」

「しっ」

立ち聞きをしていたのは松次郎だ。松次郎が獲物でも狙っていると勘違いしているのか、足元にはねうが緊張した面持ちで控えている。

「ねえ、兄さん。お須賀さん、兄さんのやり方とはずいぶん違うわ」

藍は声を潜めて囁いた。

眠ることができないなら、それによって起きる疲れを夢のような効き目の薬で取ればよい。そんな須賀の考え方は、わからなくもない。だが、なんだか胸の中がもやもやする。

薬で消えた疲れとは、ほんとうにどこか遠くへ消え去るのだろうか。

「そうだな、いかにもお須賀らしい解決だ」

「このままでいいの？　私、なんだか心配で……」

「お須賀は馬鹿じゃない。きっと何か考えがあるんだろう」

松次郎が考え深げに頷くと、足元でねうが「う？」と首を傾げた。

4

「お友達が来ているんだってね？　いつも家に籠《こも》りきりのお藍に、そんな仲良しがいたなんてちっとも知らなかったさ」

重は口が滑った、というように小さく肩を竦める。

千寿園の家の玄関口だ。

重は、土間に揃えてある須賀の小さな草履に素早く目を走らせた。網目の細かい上等なものだが、ひどく泥で汚れてくたびれた旅人の草履だ。

「兄さんの知り合いの方なんです。長崎で一緒にいらしたと伺いました」

藍の答えに、重がはっと息を呑んだ。

重が険しい顔で口を開く前に、藍は急いで、

「お須賀さんは、今もまったく行方知れずの兄さんを探していらっしゃるんです。兄さん、いったいどこへ行っちゃったのかしら、って……」

と取り繕った。

「そのお須賀って女に会わせてくれるかい？　ちょっと訊きたいことがあってね」

重の目が光っている。

男の身なりをした有能な医者の女。須賀にも松次郎と同じく追手がついて、身を隠しているに違いなかった。

重に会わせてよいはずがない。

どうしたらいいのだろう、と藍が身を強張らせたところで、背後に人の気配を感じた。

髪を可愛らしい銀杏返《いちょうがえ》しに結い上げた須賀が小首を傾げて立っていた。

「はじめまして、ご挨拶が遅れてたいへんに失礼をいたしました」

須賀は普段よりもはるかに高い声で言うと、にっこりと邪気のない笑みを浮かべた。

須賀の着物は鮮やかな桃色――行李《こうり》にしまっておいた藍の着物だ。

すっかり女の装いをしてしまうと、須賀はたいそう美しい。柳腰で身体を傾けていれば、背が高いこともさほど気にならない。

「わたくしは、尾張町《おわりちょう》の医者の娘、須賀と申します。父に連れられて参った長崎の地で松次郎さんに出会い、行く末を誓い合ったつもりでおりましたが……」

須賀が憂いのある表情で目を伏せた。

「あんたも、松次郎を探しているんだね」

重が気の毒そうに眉を下げた。

「ええ、ですがいくら探し回っても、行方は知れません」

須賀が肩を落とす。

「お嬢さん、悪いことは言わないよ。あの子のことは諦めたほうがいい」

重が藍の顔をちらちらと窺いながら言った。

「なぜでございますか？」

「知らないほうが幸せさ。飛鳥山の桜を見て気を晴らして、お父さんのところへ戻りなさいな。割り切れないあんたの気持ちはよくわかるけれどね、うまくご縁が繋がらないときは無理をしちゃいけないって決まりだよ」

重は須賀の嘘をすっかり信じ込んだ様子だ。急に物分かりの良い大人の顔をして、うむうむと頷いている。

「まあ……」

両手の指先で唇を押さえて俯《うつむ》く須賀を、藍はいったいこの人は何を考えているんだろうと、空恐ろしい気持ちで眺めた。

「ところでこんなときに何だけれどね、お藍に話があって来たんだよ」

重が済まなそうな顔で須賀をちらりと見てから、藍に向き合った。

「私に、ですか？」

話がある、なんて重の改まった様子に、なんだか嫌な予感がする。

「わたくしは失礼させていただきますね。お二人でごゆっくりお話しください」

須賀が袖で涙を抑えるような仕草をして、すっと立ち上がった。

重が、廊下を去って行く須賀の背を見ながら声を潜めた。

「あんたに縁談があるんだよ。足袋問屋の大店の次男坊でね、金は有り余るほどある上に店は長兄に任せるってんで、のんびり暮らしている男さ。あくせく働く必要もなければ、先行きの憂いもないいいご身分だけれどね。いい加減そろそろ身を固めさせよう、ってんで、若くて器量よしの女房を探しているんだよ」

重が愛想笑いを浮かべて、藍の頬をちょいと指でつつく真似をした。

「働かなくても一生遊んで暮らせる、ってんだ。これほどいい話はそうそうないよ」

「一生遊んで暮らせる、ですか……？」

藍はきょとんとした面持ちで重の顔をまじまじと眺めた。

「そうさ、羨ましい話じゃないか。私が代わってもらいたいくらいさ」

重が藍の胸の底を覗き込むような顔でこちらを見る。

私がここからいなくなったら、千寿園はどうなるのかしら。

すぐに寂しい答えが出た。

何も変わらない。私がいなくても千寿園は、伯父さんたち夫婦がしっかりと守ってくれるだろう。おっかさんが亡くなってからの私は、この千寿園で兄さんに振り回されているという体《てい》でいながら、何一つ己の目の前のことにちゃんと向き合っていないいんだもの。

「千寿園のことは、私たちに任せておくれ。あんたは何も心配いらないさ」

重があと一押し、というように力強い声で言った。

重を見送ってどっと疲れた心持ちで部屋に戻ると、須賀は着替えてすっかり元の男の身なりに戻っていた。薬箱の小さな引き出しの中身をひとつひとつ確かめて、ぐっすり庵へ向かう準備中だ。

「先ほどは無断で着物をお借りして、申し訳ありません」

須賀は、重に向き合った先ほどとは別人のように低い声で、手を動かしながら言った。

「い、いいえ。でも、お須賀さんがあんなに可愛らしい女性の姿になってみせるなんて……。驚きました」

「身を守るための咄嗟《とっさ》の変装には慣れております。それだけのことです」

須賀はつまらなそうに答えた。と、ふいに手を止める。

「顔色が悪いように思えますが。それに息が浅いですね。伯母さまに、何か気の細るようなことを言われましたか」

「縁談のお話です」

藍は一言だけ答えて、ふうっと大きく息を吐いた。

「そうでしたか、おめでとうございます」

須賀は淡々と頷いた。

「おめでたいお話でしょうか」

「私には好都合です。隠れ家生活の頼みの綱の妹が嫁いでしまうとなれば、お松も己の先行きを真剣に決めなくてはなりません。私が勝負に勝った後、腹を括《くく》るのも早くなりましょう」

須賀は丸薬をいくつか手に取って匂いを嗅ぐ。小さく、うんっと頷いた。

藍のほうは、なんだかしゅんと萎れるような気分だ。同じ女性として、須賀に少しは気の進まない縁談について話を聞いてもらえると思っていたと気付く。

私は、ほんとうに格好悪い。

ふいに、鼻先がつんと痛くなった。

目頭に涙が溜まる。

須賀に見つからないようにと顔を背けても、ぐすんぐすんと啜り上げてしまう。

「お藍さん、茶畑を案内していただけますか？」

須賀が急に立ち上がった。

「えっ？」

涙に濡れた顔で須賀を見上げるが、須賀は藍の泣き顔になんて気に留める気配はちっともない。

「千寿園の茶葉を見せていただきたいのです。どうぞよろしくお願いいたします」

須賀は手拭いを取り出すと、まるで墓石を洗うような乱暴な手つきで、藍の顔の涙をぐっと拭った。

5

藍と須賀、二人で千寿園の茶畑を歩く。

春の茶畑は、最も上等な茶葉である五月の一番茶の茶摘みに向けて、新しい芽がぐんぐん育つ。

年に何度も芽をすっかり摘み取ってしまっているのに、茶の木は幾度でも新しい芽を生やす。

「茶葉には人の疲れを取る、大きな力があります。くたくたに疲れ切った身体を、再びすっきりと動かすことのできる不思議な力です。だから茶の湯はこれほどまでに多くの人に愛されるのでしょう」

須賀は新芽のひとつに目を凝らし、慎重な手つきで指先で触れた。

藍の脳裏に、仕事の合間の一服に、ずずっと茶を啜る喜代の姿が浮かんだ。

熱い茶が喉を流れると、何とも言えない香ばしい茶の香りが身体中に広がる。身体の隅々まで広がった茶の香りは、重苦しい疲れを取り去り心を前向きに整えてくれた。

「先日ぐっすり庵を訪れたお米に渡した薬は、茶の葉を主に使っています。きっと今頃お米は、疲れから解き放たれて存分に働くことができているでしょう」

須賀は自信に満ちた声で言って、若葉の匂いをすっと吸い込む。

「お須賀さんのお米さんへの忠言、兄さんのやり方とはまったく違って驚きました。兄さんは、いつも患者さんがちゃんとぐっすり眠れるようにと考えていたので……」

「それは、お松がここで甘やかされて、暇を持て余しているからです。この世には眠る間のない者がいるということに考えが及ばないのです」

厳しい言葉に、藍は呆気に取られて須賀を見上げた。

須賀は広大な茶畑を見回して、ふんっと鼻息を吐く。

「お須賀さんは、尾張町のお医者さんの娘さんなんですよね。つまりご家族がお須賀さんの才を認めて、長崎に蘭学を学ぶために留学させてくださった、恵まれたおうちなんですよね？」

「あんなもの嘘八百です」

須賀は苦笑いを浮かべて首を横に振った。

「私の父は語学を学ぶ学者でした。下総から通詞《つうじ》になることを夢見てお江戸に出てきましたが身体が弱く、私が幼い頃に疱瘡《とうそう》で亡くなりました。残された私は、父の遺志を継いで通詞として働くべく長崎に向かったのです。昨今の長崎では、通詞を喉から手が出るほど欲しがっておりました。たとえ女の身であろうと、能力の高い通詞には仕事はいくらでもありました」

須賀は己の胸元を親指で示した。

「私は長崎にいた数年間で、家族皆が喰《く》うに困らないだけの仕送りをすることができました。通詞になるという父の夢も叶えることができました。親の金で遊学にやってきた甘ったれとは覚悟が違います。そんな日々の中で、先生は私に新たな学びを授けてくださったのです」

「先生、ですか……」

松次郎の口からも幾度も出た言葉だ。

「シーボルト先生です。先生は少しでも多くの人を救いたい、という揺るぎない志を持っていらした医者でした。漢方医ならば秘伝として隠しておくような医術を惜しみなく皆に授け、同時にこの国に古くから伝わる本草学《ほんぞうがく》について熱心に学ばれておりました。私は、先生に出会って新たな道に気付きました。己の力を、人の命を救うために使うという喜びです」

藍は須賀の語る言葉の強さに、思わず黙り込んだ。須賀の言葉には、これまで数々の困難を己の力で乗り越えてきた人の自負があった。

「お須賀さん、立派ですね。私、なんだか自分が……」

何とか言葉を絞り出したが、尻切れとんぼになってしまった。

「お藍さん、あなたには志がないのです。お松と同じです。ですから眠りが必要だなんて甘えたことを思ってしまうのです」

ぴしゃりと言い切られて、藍はびくりと身を縮めた。冷や水を頭から浴びせられたような気がした。

「志のある者にとって、命はあまりにも短い。懸命に学び、働き、すべての時を燃やして生きている者には、眠っている暇などありません。私は人が眠ることなく生きることができるよう、研究を重ねています」

「兄さんは、シーボルト先生は、そうは仰らなかったと……」

「そこは先生と常に論議になりました。ですが、私はただ眠らなくて良い薬を授けて放り出すだけではありません。患者が命の限りを尽くし、持てる力の残りの一滴まで搾り切って、そして身体を壊したならば、その病は私が必ず治します」

　藍はうぐっと息を呑んだ。

「そんなこと、できるのでしょうか」

「ええ、可能です。蘭方の薬と外科の技術の発展があれば、これから先、人はどんな病からも回復することができます。人は天命によって命を奪われるその日まで、己のなすべき志に向かって、一心不乱に突き進むことができるようになるのです」

　須賀は涼しい顔で微笑んだ。

　と、「先生！」と悲鳴のような声が響いた。

　茶畑の畦道《あぜみち》を、ひとりの少年が全速力で駆けてくる。

「先生！　お米ねえちゃんがたいへんなんだ！　蕎麦屋の洗い場でばたんと倒れて、

虫の息なんだよ！」

つぎはぎだらけで泥の汚れの染み付いた浴衣を着た少年の目は見開かれて、汗まみれだ。

「何ですって?」

須賀の眉間に深い皺が寄った。が、すぐに元の平静な顔に戻る。

「わかりました。人を頼んで、お米をぐっすり庵へ連れていらっしゃい」

「先生、お米ねえちゃん、平気なのかよう? もしお米ねえちゃんが死んじまったら、おら、もうどうしたらいいか……」

少年が今にも泣き出しそうな声で顔を歪めた。

「私に任せなさい。お米の身体はきっと私が治します」

須賀は少年の両肩を力強く摑んで言い聞かせた。

6

近所の人に背負われてぐっすり庵に運び込まれた米は、前にも増して痩せ細り、土気色に見えるほどに黒ずんだ顔をしていた。

「帯を緩めて、横になってください。脈を取らせていただきますよ」

てきぱきと米の枕もとで働き始めた須賀が、ふと怪訝そうな表情で動きを止めた。

「お松、何の用ですか？　私の思うようにやらせてください」

須賀は部屋の入口に立った松次郎に、鋭い目を向けた。

「お前の患者を横取りしようなんて思っちゃいないさ。そういちいちきりきりするな。かといって、己の家に倒れた患者が運び込まれて、ぐうすか寝ているわけにもいかないだろう。何か手伝うことがあれば言ってくれ」

須賀は松次郎の言葉に疑い深そうな表情を浮かべてから、気を取り直したように、

「わかりました。では、お松、お茶を淹れてきてください。うんと濃くですよ」

と厳しい声で命じた。

「先生、先生……」

米がか細い声を上げた。

「何でしょう？　ここへ来ればもう大丈夫です。何か心配なことはありますか？」

須賀が頼もしい低い声で囁いた。

「今日は幾日でしょうか？　晦日《みそか》まであと何日ありますか？」

米はうわ言のように呟いた。

足元に座っていた少年が「ねえちゃん、ごめんよう」と、わっと声を上げて泣き崩れた。

「お米は何の話をしていますか?」

須賀が少年に訊いた。

「半年前におとっつぁんとおっかさんが次々に病で死んじまってから、ねえちゃんは、どうにかしておらたちのことを育てなきゃいけない、って悩んでるんだ。けどうちには五人も兄弟がいるから、毎月晦日の店賃《たなちん》を払うのもやっとで、いつもこうやって銭の心配を……」

「なるほど、それで晦日と言っていましたか。若い女が三つの仕事を掛け持ちしているというので、おそらく事情があるのだろうと思っておりました」

須賀が表情を変えずに、大きく頷いた。

「お米ねえちゃんは、おらたち兄弟のことを決して離れ離れになんかしないよ、って言ってくれたんだ。私があんたたちのおとっつぁんとおっかさんになるよ、ってね。けど、このままじゃお米ねえちゃんが……」

「この薬を飲みなさい。心ノ臓を強くするジキタリスに、痛みを消し去るカヤプテ油。それに気力を高める珈琲《コーヒー》という豆の粉を使ったものです。どれも蘭方では滋養強壮に頻繁に使われているものです」

　須賀は薬箱から丸薬をいくつか取り出した。

「先生、ありがとうございます」

　米は蚊の鳴くような声で答えて、身を起こす。咳《せ》き込みながら恭しく丸薬を受け取ると、何の疑いもなく口に放り込もうとする。

「ちょっと待ってください。ほんとうにそれでいいんでしょうか？」

　思わず藍は口を挟んだ。

　米の一目でわかる疲れ切った姿を見ていると、この薬を飲んで動けるように、働けるようになったからといって、それが正しいこととはどうしても思えなかった。

「どれもとてもよく効く薬です。しばらく飲み続けても安心です」

「そういうことじゃないんです……」

　藍は眉を下げた。

「そもそもお米さんは最初、眠れないと言ってこのぐっすり庵にいらしたんですよね？　夜にぐっすり眠れないのは辛くてたまらないと」

「確かにそう言っていました。ですが私は、お米の心の奥底にある、もっと働かなくてはいけない、という想いに着目し、それに合わせた処方を行いました。お米自身もそれを望んでいます。そうですよね？」

須賀が米に顔を向けると、米はかっと目を見開いて大きく頷いた。

「そうです。そうなんです。私は家族のために、もっともっと働かなくちゃいけないんです。ほんとうは眠っている暇なんてないのに、眠らないといつまでも身体が辛くて、それをどうにかしていただきたかったんです。だから先生のこの薬を飲んで、私はもっともっと……」

米が掌の丸薬に拝むような仕草をした。

「お米、やめておけ。今のお前にはそれは無理だ」

ふいに松次郎の声が響いた。

手にした湯気の立つ湯呑みを、須賀の前に置いた。

「お松、いったい何の真似ですか？」

須賀が目を剝《む》いてみせてから、唇をぎゅっと引き締めた。

「己の道を進もうと決めている者に対して、お前にはそれは無理だ、とはずいぶん失礼な話ですね。いったい己を何さまだと思っていますか？　傲慢《ごうまん》な医者ほど愚かな者はありません。先生がそう仰っていたことを忘れましたか？」

須賀が怒り心頭の様子で、膝の上で拳を握り締めた。

「そんな話はしていない。お米の背をよく見ろ」

松次郎は米に近づくと、その背に触れた。掌で背筋をすっと撫で下ろす。

「ぎゃっ」

米が声にならない呻き声を上げて、その場に崩れ落ちた。

「えっ？」

藍は松次郎と須賀の顔を交互に見た。須賀は、ほんの刹那《せつな》、はっと息を吞んで、すぐに奥歯を嚙み締めるような苦渋に満ちた顔つきに変わった。

「お米の前のめりの姿勢にはわけがある。これ以上痛みを堪《こら》えて働き続ければ、この若さで足腰が立たなくなる。お米は決してこれ以上無理をしてはいけない。療養に励まなくてはいけない身体なんだ。いくら気力が漲ろうとも、身体が壊れてしまってはおしまいだ」

「お米さん、そんなに強い痛みを抱えていらしたんですか？　そんなことちっとも仰っていなかったから……」

藍の言葉に、米は気まずそうに顔を伏せる。

「眠れないのは身体の痛みのせいもあっただろう。もっとも、夜と朝の仕事の合間のほんの僅かな間に、ぐっすり眠れる者というのもそうそういないだろうがな。常に仕事に追い立てられていては、息が深くなる間もない」

松次郎が厳しい顔で須賀に向き合った。

「姿勢の悪い者は、きっとどこか痛むところを庇《かば》っている。まっすぐに前を向いて進んでいては、都合が悪いことがあるんだ。お須賀、お前がそれを知らずにいたはずはないぞ。医者としてこんな簡単なことを見落とすなんて、お須賀らしくもないな」

須賀が下唇を噛んだ。

顔は真っ青で、眉間にはこれ以上ないほどに深い皺が寄る。

と、「ぐるるる」とご機嫌な鳴き声が聞こえた。

「猫だ。眠り猫みたいな、白黒猫だ」

皆の様子を固唾《かたず》を呑んで見守っていた少年が、ほっとしたようにねうに笑顔を向けた。

「ねう、いいところに来てくれたな。お米のところへ行ってやってくれ」

松次郎が米を示すと、ねうが「んん？」と呟くように米へ歩み寄る。

「ぐっすり庵にお住まいの猫さんですね？」

米が困惑した顔でおざなりにねうの頭を撫でた。

「そうだ。眠り猫のねうだ」

「眠り猫ですって？　もしかして、この猫に触れば誰でもたちどころに眠くなるって、そんなからくりですか？」

米が寂しそうな苦笑いを浮かべた。ふいに米の首ががくんと落ちる。

「あらっ？　これはいったい……」

びくりと身体を震わせて身を立て直そうとしたところで、米はへなへなと力が抜けたようにその場に横たわった。

7

ぐっすり庵に、ぐーぐーとねうの穏やかな鼾《いびき》と、米の微かな寝息が響く。

いつの間にか米の弟も、姉の着物にしがみつくようにして眠ってしまった。

「シーボルト先生は、禁制の地図を阿蘭陀《オランダ》に持ち出そうとした罪で、間諜の疑いで捕らえられた。これまで先生が集められた資料もすべて没収された。ひとたび風向きが変われば、先生が行っていた医術の全《すべ》てが間諜の計らいがあってのことと誤解される。鳴滝塾の門下たちももはや学びどころではなく、我先に長崎から逃れ出たんだ」

松次郎が両腕を前で組んだ。

「長崎に残って先生の身の潔白を証明しようとした者は、皆、捕らえられましたね」

須賀が険しい顔で頷いた。

「じゃあ、兄さんは……」

藍は、松次郎に目を向けて、それから須賀の顔を見つめた。

「そうだ。兄さんは逃げ出してきたんだ。学びを授けてくださった先生を見捨て、命からがら長崎から逃げ出した」

「私は己のことをそうは思っておりません。私が先生と一緒に牢《ろう》に入ったところで、救われる者はどこにもいません。先生の残された資料を守るのは、私たち門下の役目です。私はあの日からずっと、先生が授けてくださった蘭方の医術を決してここで途絶えさせてはいけないと、志を忘れたことは一度もありません」

須賀がむきになったように硬い声で言った。

「俺は、お須賀ほど割り切ることはできない。これで良かったのだろうかと今でも夢でうなされる」

松次郎が寂しそうに笑った。

「それは志がないからです。お松が、親の言いなりに、己の才を伸ばして褒められることを頼りに生きていたからですよ。私はお松とは覚悟が違います。志を……」

茶畑で藍に言い切ったときよりも、須賀の口調にはどこか力がなかった。

「このお茶は、このまま置いていたら冷めてしまいますね。私がいただきます」

須賀が気を取り直したように、湯吞みを手に取った。

一口飲んで、ほっとしたように息を吐く。すぐにもう一度湯吞みに口を付けると、ごくごくと喉を鳴らして一気に飲み干した。

「どうだ、不味《まず》いだろう？」

松次郎がしたり顔で笑った。

「どういう意味でしょうか？」

須賀が怪訝な顔で首を傾げて松次郎に向き合ったそのとき、

「うーん」

と、米が寝返りを打った。

ぐっすり眠っていたねうが急に放り出されて「ひゃあ」と声を上げる。

「……なくちゃ」

米が目を閉じたまま、己にしがみついた少年の頭を抱きかかえた。

「やらなくちゃ。私がやらなくちゃ」

己の道を進むと決めた覚悟の言葉のはずなのに、どうしようもなくか細く悲痛な声だ。

「誰にも任せられないよ。私がやらなくちゃ」

須賀の顔が歪んだ。米の言葉を聞いていられないというように眉を顰めて、顔を背けかけてから、己をじっと見つめている松次郎に気付いて、どうしたら良いかわからない顔で目を伏せる。

「私がやらなくちゃ駄目なんだよ！」

勢いよく息を吸い込んで、米がはっと目を開けた。

「先生、私……」

米がぼんやりした顔で周囲に目を巡らせる。

「お米、お前たちには親類はいないのか？　誰か近くに頼れる人はいないのか。長屋のちっちゃな部屋にうじゃうじゃと五人も子供がひしめき合っていたら、嫌でも目につく。大家さんでも、近所の人でも、誰だっていいさ。子供たちを気に掛けてくれる人が誰かいるだろう」

松次郎がのんびりした声で訊いた。

「親類ですって？　そりゃ、いないことはありませんが……」

米の顔つきが急に険しくなった。

「小さい子供を引き取ろうとでも言われたか？」

「先生、どうしてそれを？」

米が目を丸くした。

「俺だったらそう言うからさ。お米のような若い娘が、ひとりで五人の兄弟を育て上げようなんて、そんなことは無理に決まっている。この坊主はそろそろ十になるか？　ならば早々に奉公先を見つけてやって、ろくに物心つかない小さい奴らは、一刻も早くに信用できる人に任せるべきだ」

「私は、おとっつぁんとおっかさんが亡くなったときに、お墓の前で約束したんです。二人がいなくなっても、家族皆、ひとりも欠けることなく、私が立派に育て上げると……」

米は目を閉じてぐっすり眠っている弟を、奪われてなるものかというようにひしと抱き締めた。

「意地を張るな。この世には、お前でなくてはできないことなんて、ほんとうは何もない。お前がそう思い込んで、そうしたいだけなんだ。認めて楽になれ」

松次郎が優しい声で言った。

「意地を張るな、ですって？　認めて楽になれ、ですって？　いいんです、私はお須賀先生の薬を飲めば、もっと働けるはずです。もっと働きたいんです」

米が納得いかない、というように涙ぐんだ声を出した。

助けを求めるように須賀に目を向ける。

「お米、薬は出せません。こちらの松次郎先生の言葉を聞きましょう」

ふいに、須賀が口を開いた。

「あなたの身体では、私の薬を飲んではいけないのです。私は医者でありながらそれに気付かず、たいへん申し訳ないことをしました」

須賀が深々と頭を下げた。

「えっ？」

米は困惑した顔だ。

「この世には、お前でなくてはできないことなんて何もない。とても嫌な言葉ですね」

須賀が松次郎の口調を真似た。

「ですが、そのとおりかもしれません。我々の代わりに何かを成し遂げてくれる人はどこにでもいます。ですが、たった一つしかない身体を壊してしまってはどうにもなりません。お米は、己の背の不調を治し痛みがすっかり取れるまでは、決して無理をしてはいけません。人に頼るべきです」

須賀は米の横に歩み寄ると、その背に触れた。

「痛いっ」

米が顔を歪める。

「ずいぶん酷《ひど》い状態ですね。いったいどうして私は、こんな大事なことに気付いてあげられなかったのでしょう。私の目は節穴でした」

須賀が下唇を噛んだ。

「湿布を貼《は》り、添え木を当てましょう。骨の継ぎ目を治すには、魚の油を使った良い薬があります。お米の身体は私の薬で必ず治ります」

須賀が言葉を切った。しばらく黙ってから、松次郎を見上げる。

「そして、しっかり休みなさい。仕事をやめて、己の志を手放し、ただぐっすり眠るのです」

須賀は一気に言ってから、ふっと小さく笑った。

8

「お須賀さん、ほんとうに明日の朝すぐに、発《た》たれてしまうんですか？」

藍は千寿園の家の客用の部屋の襖をそっと開いた。

須賀が朧《おぼろ》な行燈の明かりの下で、本を読んでいた。脇には、大きく膨らんだ風呂敷包みがまとめられている。

須賀は手を止めた。ぱたんと本を閉じて藍に向き合う。

「お世話になりました。私の負けです。約束は守ります」

須賀は憑《つ》き物が落ちたようにすっきりとした顔をしていた。だが同時に、全身に張っていた力が抜けてしまい、ほんの僅かな間にいくつも齢を取ったように見える。

行燈の揺れる灯に目元の隈が浮き上がって見えた。

「兄さんから、竹筒にお茶を持たされているんです。兄さんの自信作だから、今夜、お須賀さんに振舞ってあげて欲しいと。一緒に飲みませんか？」

「竹筒ですって？　そんなお茶の飲み方は聞いたことがありませんね」

「私もです。兄さんの考えていることって、よくわからなくて」

藍は苦笑いを浮かべながら、竹筒から湯呑みに茶を注いだ。

黄色く見えるほど薄い色の、冷たいお茶だ。

須賀が不思議そうな顔で湯呑みに口をつけ、ずずっと啜ったので、藍もそれに倣う。

冷たいお茶が喉を通る。

お茶の香りがふわっと鼻に抜ける。まるで花のように鮮やかなその香りは、ごくりと喉を鳴らす間にまるで幻のように消える。

「美味しいです。ですがどこか気の抜けた味ですね」

須賀は、藍が思ったのと同じことを言った。

「私がお茶に求めているのはこれではありません。もっと眉間に皺が寄るほど渋くて、苦くて、香りが強くて、五臓六腑《ごぞうろっぷ》がはっと目覚めるようなものです」

「お須賀さんが、お茶には疲れを取って目を覚ます効果があると仰っていましたよね。それで私、気付いたんです。兄さんはきっと、眠ることのできるお茶を探しているんです。ほっと疲れが抜けて、そのままぐっすり眠ってしまうような心が静まるお茶を。ですが、この味では、まだまだですね」

藍と須賀は顔を見合わせて、くすっと笑った。

「私には、五人の弟妹がおりました。お米と同じです」

湯呑みに目を落とした須賀が、小さなため息をついた。

「常に彼らのことを想い、亡くなった父のことを想って生きてきました。懸命に働くお米の姿に、私は己を重ね合わせていたのかもしれません。身を隠す日々の中で揺らぎ始めた己の志を、お米に押し付けようとしたのです。医者としてあるまじき失態です」

須賀が肩を落とした。

藍は、胸の内で「志」という言葉を唱えた。

「お須賀さん、私、お須賀さんと話して考えたんです。私の志、って何だろうって。お須賀さんのようにまっすぐに生きることができるためには、どうすればいいんだろうって」

須賀が顔を上げた。

「私、これからも兄さんのぐっすり庵を手伝います。眠ることができない人たちがぐっすり眠れるようにお手伝いをします。でもそれだけじゃなくて、私、この千寿園で働こう、働かせてもらおうと思うんです」

己にとって大事な場所、お父さんとおっかさんと過ごした大好きな場所を守るために、私はここで精一杯働こう。

　最初はいったい何の気まぐれだ、と、重に嫌な顔をされるに違いない。けれど、懸命に働き続けていれば、いつか藍の気持ちをわかってくれるはずだ。

「嫁入りはしないということですか？」

「はい、私、まだまだここでやることがあるんです。大好きだった両親の志を継いで、千寿園をもっともっと良いものにして。そしてそれを成し遂げることができたら、初めて己の道が見つかると思うんです」

　この千寿園で、私はまだ己の志を見つけることができていない。

　ならば家族のため、大事な人たちのために己の力の全てを使って働いてみよう。毎日たくさん食べて、たくさん動き、夜はぐっすり眠りながら。

「そう決めることができたのは、お須賀さんのお陰です」

　藍は須賀の顔をまっすぐに見つめて、大きく頷いた。

　須賀はしばらく黙ってぼんやりとしていた。

「……お藍さん、明日の朝、飛鳥山へ連れて行っていただけますか？　昼夜とっ違えたお松がまだ目を覚ましていられるような、うんと朝早くにです」

「飛鳥山……ですか？」

思いがけない言葉に、藍は驚いて目を瞠った。

「花を見ましょうか、桜の花を」

須賀が目を細めて、柔らかく微笑んだ。

「はいっ！　もちろんです！　この時季の飛鳥山はそれはそれは美しく、この世のものとは思えない光景です。ぜひお須賀さんを案内させてください！」

藍は両手をぽんと打ち鳴らして、頬が痛くなるほどの大きな笑みを浮かべた。

9

明け方の飛鳥山に澄んだ風が吹く。満開の桜はほんの数日盛りを過ぎ、見物客に踏み均《なら》された道に白い花びらが降り積もる。

朝日が昇る前の白い空に伸びた黒い枝の先には、艶やかな緑色の若い芽がいくつも輝いていた。

「わあ、綺麗！　お花見なんて久しぶりだわ！」

飛鳥山とは目と鼻の先で暮らしていたからこそ、藍は花見に繰り出した記憶は数えるほどしかない。

うんと幼い頃、松次郎と藍とで満開の桜の道を行きつ戻りつしながら、両親の足元を駆け回っていた日々を思い出す。

「お須賀が花見だって？　どういう風の吹き回しだ。もしや、何やら悪巧みを考えているんじゃないだろうな。花どろぼうは大罪だぞ。俺は巻き込まれるのはごめんだからな」

松次郎は背負った籠にねうを入れて、ふうふう言いながら山道を登っている。ねうは鼻をひくひくさせながら、はらりと舞い落ちる花びらにしゃっと手を伸ばす。

昼になれば人でいっぱいになる桜の道も、早朝の今はまだひっそりと静まり返っていた。

須賀は、大きな木の下で空を見上げた。天に向かって力いっぱい両手を広げているような、たいそう立派な老木だ。

須賀の鼻先に花びらが落ちる。

「お松、今回は私の負けです。ですが、私は必ず戻って参ります。一切の邪念を捨てて病に向き合い、多くの人を救う方法を確立してみせます。そのときは必ず私と共に……」

須賀が桜の幹の木肌に触れた。

「お米は、下の妹を遠縁の家に養子に出すと決めたそうだ。あの弟坊主も、いつまでもねえちゃんの世話になっちゃいられねえって、近々奉公に出るつもりだって言っていたぞ。これでお米も少しは楽になるだろう。身体が治ってからも、一日に三つも仕事をするなんて無茶はしなくて済むはずだ。きっとぐっすり眠れるさ」

松次郎がさりげなく話を逸らした。

「お須賀先生によろしく、とさ。ほんとうは俺のほうが、ずいぶんな活躍をしたはずなんだが……」

松次郎は須賀に向かってにやっと笑った。

「お松、私は、人の命は花と同じくあまりにも短いと思っていました。やること、やらなくてはいけないことが次々にやってきて、常に時が足りないと」

「昔からずっと言っていたな。眠っている暇なんてどこにもない、って話だろう？」

「ですが、花というのは綺麗なものですね。また次の年も、それからその次の年も、こうやって花見をしたいと感じます。人は何よりも、長く生きなくてはいけません。こうしてこの世を感じることに、意味があるのかもしれませんね」

須賀が桜の木肌をそっと撫でた。

「お須賀さん、無理はいけませんよ。ちゃんと眠ってくださいね。また会うその日まで、どうぞ達者でいらしてくださいな」

藍が声を掛けると、須賀はうんっと頷いた。

「ええ、もちろんです。私には大きな志がありますからね」

掌を大きく広げて、己の胸をどんっと叩いた。

「それでは失礼いたします。お松、お藍さん、また会う日まで」

須賀は一礼すると、背中に大きな風呂敷包み、手には薬箱を下げて大股で去って行った。

「やれやれ、ようやく帰ってくれたぞ。これでゆっくり眠れる」

松次郎がうーんと伸びをした。背中のねうが、落っことすな、というように「うー」と鳴く。桜の花びらが、ねうの白黒の毛並みにひらひらと落ちた。

「ねえ兄さん、お須賀さんってほんとうに素敵な人ね」

藍が言うと、松次郎はうっと顔を顰めた。

「なんだと、お藍、お前もか！　昔からお須賀って奴は、嫌になるくらい女にモテるんだ。若い娘も婆さんも、どいつもこいつもお須賀、お須賀ってな。鳴滝の男連中は、お須賀のせいでどれほどの好機を逃したことか……」

松次郎が苦い顔をして頭を抱える。

「兄さん、これからは私、兄さんのことばかりに構ってはいられませんからね。ご自身の生きる道をちゃんと見つけてくださいよ」

「今度はいったい何のお説教だ？」

松次郎が悲痛な声で訊いた。

「私、千寿園で働くことにしたんです。お重さんたちのところで一から学んで、茶畑で働きます」

藍は眼下に広がる千寿園の茶畑を見渡した。

「お須賀に言われたのか？」

「いいえ。私が己で考えた道です」

藍はきっぱり言い切った。

「そうか、なら良い」

松次郎がうん、うんっと頷くと、ねうが「んー？」と怪訝そうな顔をして松次郎を覗き込む。

「なら良い、って兄さんにそんなこと言われなくたって……」

藍が膨れっ面をしたところで、松次郎が須賀の背中に向かって「おーい」と声を張り上げた。

「お須賀、達者でいろよ！　無理をするな！　たくさん眠ってたくさん喰え！」

藍も松次郎に倣って身を乗り出す。

「お須賀さん、ありがとうございます！」

藍が須賀の背に向かって大きな声を掛けると、須賀は背筋をしゃんと伸ばし、振り返らないまま片手を上げた。

解説

細谷正充
（文芸評論家）

よくぞ、この時代、この国に生まれた。優れた作家をデビュー作から読んでいると、そう感じることがある。なぜなら作家の軌跡を最初から追いかけられるのは、今を生きる人間の特権なのだから。私にとって、そんな作家のひとりが、泉ゆたかだ。

泉ゆたかは、一九八二年、神奈川県逗子市に生まれた。早稲田大学卒業後、同大学院修士課程修了。二〇一六年に『お師匠さま、整いました!』で、第十一回小説現代長編新人賞を受賞し、作家デビューを果たす。亡夫の後を継いで寺子屋の師匠になった桃。算術に夢中な寺子屋一の秀才の鈴。鉄砲水で両親を失い、算術に恐るべき才を見せる春。三人の女性の生き方を、豊かなストーリーで明るく語った時代小説は、まさに受賞に相応《ふさわ》しい快作であった。

そして二〇一八年、作者は第二長篇となる『髪結《かみゆい》百花』を刊行。母親の後を継いだ新米髪結・梅の成長を、鮮やかに描き切った。『お師匠さま、整いました!』が軽いタッチだったのに対して、こちらは全体が硬質な筆致で書かれている。デビュー二作目にしては大きな挑戦だと思うが、成功といっていい。重厚な読み味が、作者の確かな伸長を感じさせたのだ。第一回日本歴史時代作家協会賞新人賞と、第二回細谷正充《ほそやまさみつ》賞を受賞した理由を、そこに求めることができよう。なお、一般社団法人文人墨客が主催する細谷正充賞（現・細谷賞）は、私がその年のエンターテインメント・ノベルの中から、優れた五作品を選ぶという文学賞である。業界の賑《にぎ》やかしであり、特に権威はないが、選んだ作品の面白さは自信を持って保証する。

以後、動物医者の夫婦や女大工を主人公とした連作集『お江戸けもの医 毛玉堂』『江戸のおんな大工』や、母乳外来専門の助産師が新米ママの悩みを解決する『おっぱい先生』を上梓《じょうし》。作者はデビュー作の受賞スピーチで「働く人を書きたい」といっていたが、その姿勢は見事に貫かれているのである。

それは文庫書き下ろし時代小説『猫まくら』――すなわち本書でも変わらない。江戸近郊の茶問屋「千寿園」の十七歳の娘・藍《あい》を主人公にした連作集だ。冒頭の「おやすみ」は藍が母親の喜代に、心ない言葉を浴びせる場面から始まる。しかしこれは、彼女の見た夢であった。目覚めると病床の母親が死亡。父親は二年前に亡くなっており、兄の松次郎は長崎の鳴滝塾《なるたきじゅく》に遊学したまま音沙汰《おとさた》がない。「千寿園」は伯父夫婦が仕切るようになり、無愛想だが頼りになる女中の久は、千住の水茶屋に嫁いでしまった。

ひとりぼっちになり、眠れない日々をおくっていた藍だが、面倒を見ている牡猫《おすねこ》の〝ねう〟に導かれるように赴いた畑の隅の小屋で、いつのまにか帰ってきていた松次郎と再会。だが神童といわれていた兄は、人が変わっていた。おまけに、人の眠りを診る養生所「ぐっすり庵」を開くというのだ。しかし兄とねうの力で、自分の心の奥底にある悔いを知った藍は、前向きな気持ちを持ち、「ぐっすり庵」の手伝いを始めるようになる。

続く「枕もと」は、近所に同業者が現れたことを機に、眠ることも忘れて質屋の仕事にのめり込む虎之助が、「フクロウ」では夕方になると癇癪《かんしゃく》を起し、夜中も目をパッチリと見開いている福郎という子供が父親と一緒に、久の紹介で「ぐっすり庵」を訪れる。どれもストーリーに曲折があり、読み始めたら止められない面白さだ。そして、ここまでの三篇には、共通点がある。彼らの眠れない原因（福郎はちょっと事情が違うが）は、心の中の鬱屈《うっくつ》が原因なのだ。しだいに見えてくる彼らの心の奥底には何があるのか。作者が見つめているのは親子・夫婦・姉弟などの、家族の関係である。

たとえば「枕もと」では強迫観念のように金儲けに邁進《まいしん》する虎之助の心の奥底に

は、母親に対するトラウマがあった。「フクロウ」は、鳶《とんび》が鷹《たか》を生むという諺《ことわざ》を体現するような福郎を息子に持った父親の複雑な感情も注目すべきポイントになっている。ミステリーの謎とはちがうのだが、一筋縄ではいかない人の心が露《あら》わになる。ここが読者の強い興味を惹《ひ》くのだ。

第四話の「うなぎ」では、久の水茶屋で働く市のもとに、夜な夜な死んだ元亭主が現れる。久にいわれて「ぐっすり庵」を訪れた市の話を聞いた松次郎たちは、近所にできたうなぎ屋の匂《にお》いが、彼女の記憶を刺激していると睨《にら》むのだが……。

本書の特色のひとつに、物語全体に漂う不思議な空気がある。あっさりと「千寿園」を去りながら、藍のことを見守っている久は何者なのか。ねうは、普通の猫なのか。そこはかとないファンタジー色があり、作品に独自の光彩を与えているのだ。読み進めるうちに、松次郎の鳴滝塾での挫折と、シーボルトのアドバイスにより眠りの研究を始めたことが分かるのだが、それまでは昼夜逆転する生活を続けて、長崎で吸血鬼にでもなったかと思ってしまったほどだ。だから本作でも、元旦那の幽霊が本物か否か途中まで分からず、ドキドキしてしまう。そこまで計算して四番目に本作を置いたのなら、作者の手腕を称揚するしかない。

そしてラストの「昔の友」は、かつて鳴滝塾で松次郎と一緒に学んでいた、須賀がやって来る。女性ながらも自信満々な須賀は、シーボルト事件でバラバラになった門下生を集めて、新たな医療を始めようと考えている。その右腕として松次郎に声をかけたのだ。しかし鳴滝塾で、シーボルトから新たな道を示された松次郎は、それに乗ろうとはしない。そんなところに米という娘が、「ぐっすり庵」を訪ねてきたことから、須賀は松次郎に治療勝負を持ちかけるのだった。

ポジティブすぎる須賀の考え方にも、一理あるのだが、場合によっては毒にしかならない。作者は米の抱える事情と症状を通じて、それを表現する。だから、松次郎が須賀にいう、

「意地を張るな。この世には、お前でなくてはできないことなんて、ほんとうは何もない。お前がそう思い込んで、そうしたいだけなんだ。認めて楽になれ」

という言葉が胸に染みるのだ。そういえば本書には、これ以外にも傾聴すべき言葉が多い。ちょっと並べてみよう。

「そうさ、俺は、乗り越えなきゃいけねえことなんてありゃしねえ。見返さなきゃ

いけねえ敵もどこにもいねえんだ。ただ、明日の朝起きて、壮健に駆け回っていりゃそれだけでいいのさ」
「己の道を進まずに生きている人なんて、この世のどこにもいません」

こうした言葉に接するたびに、心が少し軽くなる。ひとつの話を読み終わるたびに、ああ面白かったと満足できる。とかくストレスの多い世の中だ。心に鬱屈があってなかなか眠れず、疲れが取れないこともあるだろう。そんな人にこそ本書を薦めたい。本書そのものが安眠枕だからだ。寝る前に読めば、本を閉じた後、気持ちよく眠ることができることだろう。

物語は、さまざまな見聞をした藍が、自分の生き方を自分で決めて終わる。この点だけ見れば、本書だけで綺麗《きれい》に完結しているといっていい。だが、随所に現れる不思議や、シーボルト事件の余波、「千寿園」の行方など、気になることがありすぎる。だから作者には、本書のシリーズ化を希望したい。読む安眠枕は、何冊あってもいいものである。

本書は書き下ろしです。

実業之日本社文庫　好評既刊

宇江佐真理
為吉　北町奉行所ものがたり
過ちを一度も犯したことのない人間はおらぬ――与力、同心、岡っ引きとその家族ら、奉行所に集う人間模様。名手が遺した感涙長編。（解説・山口恵以子）
う23

田牧大和
かっぱ先生ないしょ話　お江戸手習塾控帳
河童に関する逸話を持つ浅草・曹源寺。江戸文政期、寺に隣接した診療所兼手習塾「かっぱ塾」をめぐるちょっと訳ありな出来事を描いた名手の書下ろし長編！
た92

鳥羽亮
剣客旗本春秋譚
朋友・糸川の妹・おみつを妻に迎えた非役の旗本・青井市之介のもとに事件が舞い込む。殺し人たちの元締「闇の旦那」と対決!!　人気シリーズ新章開幕、第一弾！
と213

中得一美
嫁の家出
与力の妻・品の願いは夫婦水入らずの旅。けれど夫は……人生の思秋期を迎えた夫婦の「心と体のすれ違い」と妻の大胆な決断を描く。注目新人の人情時代小説。
な71

中島要
御徒の女
大地震、疫病、維新……苦労続きの人生だけどたくましく生きる、下級武士の〝おたふく娘〟の痛快な一代記。今こそ読みたい傑作人情小説。（解説・青木千恵）
な81

実業之日本社文庫　好評既刊

葉室 麟
刀伊入寇　藤原隆家の闘い
戦う光源氏——日本国存亡の秋、真の英雄現わる！『蜩ノ記』の直木賞作家が、実在した貴族を描く絢爛たる平安エンターテインメント！（解説・縄田一男）
は51

葉室 麟
草雲雀
ひとはひとりでは生きていけませぬ——愛する者のために剣を抜いた男の運命は!?　名手が遺した感涙の時代エンターテインメント！（解説・島内景二）
は52

吉田雄亮
草同心江戸鏡
長屋の浪人にして免許皆伝の優男、裏の顔は!?　浅草は浅草寺に近い蛇骨長屋に住む草同心・秋月半九郎が江戸の悪を斬る！　書下ろし時代人情サスペンス。

よ54

吉田雄亮
騙し花　草同心江戸鏡
旗本屋敷に奉公に出て行方がわからなくなった娘たちはどこに消えたのか？　草同心の秋月半九郎が江戸下町の闇に戦いを挑むが……痛快時代人情サスペンス。

よ55

吉田雄亮
雷神　草同心江戸鏡
穏やかな空模様の浅草の町になぜか連夜雷鳴が響く。雷門の雷神像が抜けだしたとの騒ぎの裏に黒い陰謀の匂いが……人情熱き草同心が江戸の正義を守る！

よ56

実業之日本社文庫 い171

猫《ねこ》まくら 眠《ねむ》り医者《いしゃ》ぐっすり庵《あん》

2021年2月15日　初版第1刷発行

著　者　泉《いずみ》ゆたか

発行者　岩野裕一
発行所　株式会社実業之日本社
〒107-0062　東京都港区南青山 5-4-30
CoSTUME NATIONAL Aoyama Complex 2F
電話［編集］03(6809)0473［販売］03(6809)0495
ホームページ　https://www.j-n.co.jp/
DTP　ラッシュ
印刷所　大日本印刷株式会社
製本所　大日本印刷株式会社

フォーマットデザイン　鈴木正道(Suzuki Design)

ISBN978-4-408-55631-4（第二文芸）